歌枕殺人事件

新装版

内田康夫

JOY NOVELS
実業之日本社

装丁／鈴木久美
装画／水口理恵子

歌枕殺人事件／目次

プロローグ

　太平洋を渡ってきた紺碧《こんぺき》のうねりは、岬近くになると山脈のように盛り上がり、白い歯を剝《む》き出して岩礁に襲いかかる。

「おお……」と、朝倉は思わず呻《うめ》いた。あれなら松を越えるかもしれない――と思った。

　岬の先端付近には、若い松にまじって幹の周囲が二尋《ふたひろ》はありそうな老松が、海に向かって雄々しく立っている。次々に寄せる波は背を競うように立ち上がり、しかし力尽きて老松の足下に屈伏する。

「あれが来ますよ」

　悪魔の囁《ささや》きが聞こえた。水平線を騒がせて、ひときわ大きなうねりが寄せてきた。

（あいつだ――）

　朝倉は固唾《かたず》を飲んだ。あれだけうねりの底が深ければ、波のエネルギーは海底にひそむ岩をものともせずに越えて、岬で大きく跳び上がるだろう。海神の怒りを思わせる巨大な水の壁が、先端をライオンのたてがみのようにそよがせながら接近する。

「さあ、越えますよ」

　悪魔がまた囁いた。

　波が立ち上がった。天空へ天空へと伸び上がり、けだるそうに頭を垂れる寸前、たしかにそいつは老松の頂きを凌駕《りょうが》したように見えた。

「越えた……」

　朝倉は感動した。手帳に「白浪、松山を越ゆ」と書きなぐった。

喉《のど》がカラカラに渇いていた。

ほとんど無意識に、悪魔が用意した冷たい飲み物を手にし、グラスにまだ半分ほど残っていたのを、いっきにあおった。

その間も、彼の視線は、生命を失って撤退するわだつみの軍団にそそがれたままであった。

冷たい液体が喉元を通過した。まるで彼自身が勝利者ででもあるかのように、朝倉は身も心も、アルコールと満足感に酔いしれた。

直後、朝倉を強烈な睡魔が襲った。

抗しきれない鈍重で圧倒的な眠気であった。

重く垂れ塞がる瞼《まぶた》の向こうで悪魔が笑っていた。

じつに平和な笑顔であった。

朝倉も彼に笑い返そうとして、その瞬間、天と地がひっくり返った。

妻と娘の顔が脳裏をかすめた。


意識が暗黒になった。

第一章　カルタ会の夜

1

正月十四日の夜から十五日の成人の日にかけて、浅見家では例年、カルタ会が夜を徹して行われる。

雪江未亡人が浅見家に嫁いできて以来、ずっとつづいている風習だというから、かれこれ半世紀になんなんとする催しだ。元は雪江の里の風習だったのを、強引にこの家に持ち込んだもので、雪江の猛女ぶりは、可憐なはずの花嫁のころから発揮されていたというわけである。

じつは、ある時期から、このカルタ会はお見合いを兼ねたパーティーの趣を呈してきたらしい。自然の成り行きでそうなったものか、それとも、雪江が意図的にそうしたものかは、定かではない。

現実に、浅見家の長男・陽一郎も、この席で見《み》初《そ》めた和子と結婚したのだし、ほかにも親戚、友人の何人かは、このカルタ会が縁で結ばれている。

カルタ取り　取る手取る手と重なりて
身のいたずらに　なりぬべきかな

いまはほとんど見られなくなったが、むかしは、羽根つき、独楽《こま》まわし、凧上げと並んで、カルタ会は、ちょっと上品な家庭なら、どこの家でも見られる、正月の風物詩でしかなかった。尾崎紅葉の『金色夜叉』で、お宮が高利貸の富山に見初められ、ダイヤモンドを贈られることになるのも、カルタ会がきっかけであった。

「本当のところを言うと、私はもうやめたいのですけれどね」

雪江は三年前あたりから、嫁の和子に向かって、愚痴まじりに述懐するようになった。それは、次男坊の光彦が三十歳になったころからである。

「あの子がいつまでも、この家にゴロゴロしているのを、人様にお見せするのは、なんだか、物欲しそうに思えて……」

「そんなことはございませんわ、お母様」

和子は義弟のために弁護する。

「光彦さんは、いつまで経ってもお嬢さまたちの憧《あこが》れですもの。このあいだ、中村さんのお宅にお邪魔したら、ちょうど三枝子さんがお里帰りをしてらしたのですけど、あの方までが、浅見家のカルタ会にいらして、光彦さんに会うのを楽しみにしていらっしゃるんですって」

「三枝子さんが？　いやですよ、あの子、もうお二人めの赤ちゃんでしょう？　それじゃまるで、有閑マダムの不倫みたいじゃありませんか」

「あら、ほんと……でも、光彦さんには、そういう魅力がおありだっていうことですもの、よろしいじゃありませんの」

「なにをおっしゃるの、あなたまでがそんな呑気《のんき》なことを言うから、光彦は居心地がよくて、この家を出て行きたがらないのです。須美ちゃんみたいに、少しきついくらいのいやがらせを言ってやんなさい」

お手伝いの須美子は、カルタ会の夜は機嫌が悪くなる。わが浅見家の光彦坊っちゃまに、美しく着飾った令嬢たちが群がるのが、気に入らないのだ。

もっとも、浅見家の次男坊っちゃまもすでに三十三歳、結婚適齢期の女性にオジンと呼ばれる年齢を、とっくに過ぎた。かつては胸ときめかした かもしれない令嬢も、子連れでやってくるようになっては、須美子が不機嫌になるほどのこともないのだが――。

今年のカルタ会には、何人かの新顔が増えた。カルタ会に限らず、ダンスパーティーだとかホームコンサートだとか、古きよき時代を想起させるような集いが、このところ復活の兆しがある。なんでも、プリンスのロマンスが話題を呼んだせいか、若い女性たちの上流志向がさかんになってきたそうだから、これもそのひとつの顕《あらわ》れなのかもしれない。

この夜の参会者は、老若男女あわせて三十人ほどだったが、その中で、新顔の一人が、全員の注目を一身に集めた。

「こちら朝倉理絵さん、昨年度、東京都カルタ大会の女王ですよ」

彼女が、そう紹介されると、「へえーっ」という溜め息が、参会者のあちこちから流れた。

浅見家のカルタ会は、ただのジャラジャラした親睦《しんぼく》パーティーでは終わらない。参加者の中の数人は、カルタ競技会に出てもおかしくないほどの達人揃《ぞろ》いである。はじめのうちは、チラシとか源平とかいう、なごやかなゲームで、和気あいあい楽しんでいるけれど、そのうちに深夜ともなり、お子様たちがいなくなると、まなじりを決して、本気で対戦する競技会になる。

ここ十何年かは、花の次男坊・浅見光彦がチャンピオンの座を守っていた。

浅見家の出来損いのように言われる光彦だが、

ことカルタ取りに関しては天稟《てんぴん》の才能に恵まれた。一見のんびりしたようでいて、ひとたびカルタに向かうと、がぜん黒豹《くろひょう》のごとき敏捷《びんしょう》さを発揮するのである。

「日本選手権に出ればいいのに、いいところまで行くと思うわよ」と、浅見ファンの令嬢たちによく言われるけれど、浅見にはそんな気はさらさらない。第一、そんな甲斐性があれば、とっくにお嫁さんを獲得しているはずなのだ。

そのチャンピオンの座を脅かす相手が現れた――というので、なにやら、今年のカルタ会は緊張したムードが漂った。

朝倉理絵が美しい女性だったことも、女どもにとっては穏やかでなかった。何か思わぬハプニングが起こりそうな予感さえ、醸し出す原因になっていた。

理絵を連れてきたのは浅見家の遠縁にあたる奈美という娘で、彼女の大学のときの友人――というふれこみだから、年齢は二十四、五歳というところだろう。瘦《や》せ型で、色白で、目が大きく、髪は肩まで。首筋のあたりから先が優しくカールして、白い項《うなじ》が襟《えり》元からこぼれるように覗《のぞ》いている。

玄関先に彼女を迎えたとき、彼女の美しさに、浅見は正直、ドギマギした。シルバーフォックスのコートの下は、品のいい藤色のワンピースであった。細めの襟と袖口《そでぐち》、それとベルトに、ほとんど黒といっていい紫の共布を使っている。

理絵が席につくと、雪の女王でも舞い下りたような、少し寒気のする緊張感が流れた。未婚の娘たちにとっては、彼女の美貌が妬《ねた》ましいにちがいないし、すでに嫁いだ女性たちにしてみれば、浅見がどんな反応を示すものか、興味津々といったところだろう。

しかし、理絵はすぐに客たちに溶け込み、お喋りの仲間入りをした。話してみると、気さくな人柄で、客たちのあいだに芽生えかけていた、敵愾《てきがい》心《しん》のようなものは、じきに雲散霧消してしまった。

子供たちは引き上げ、下は中学生、上は浅見どまりまでの、根っからのカルタファンばかりが残って、いよいよ競技方式によるカルタ取りが始まった。

浅見の兄の陽一郎・和子夫婦も、雪江も、それなりにカルタは得意だが、現役の仲間には入らずに、もっぱら読み手役を引き受けている。

百人一首による「カルタ取り」には、いろいろな遊び方がある。数人で囲んだ中に、バラバラに取り札を散らしてとる「チラシ」、何人かが左右に分かれて、札を五十枚ずつ分配して戦う「源平」、そして、一対一で争う方式である。

単純にいえば、多く札を取ったほうが勝ちというのが原則であることに変わりはないけれど、左右に分かれて戦う場合と一対一の場合には、取った札の枚数ではなく、自分の側にある札が早く無くなれば勝ちである。相手側にある札を取ったときには、自分の札を相手に上げる。お手つきをしたときには、相手側から札を貰《もら》う。その札のやりとりの中に駆け引きがあり、作戦があり、なかなかに興味尽きせぬものがあるのだ。

たとえば、札の並べ方にも、一定の法則がある。一対一の競技の場合、それぞれの持ち札は二十五枚である。つまり、百枚のうち、半分の五十枚は対戦する二人には関係がないことになる。そうして渡された札は、天地は三列、左右は八十センチ以内に、整然と並べなければいけない。

そして、各自の札の位置にも、それぞれ独自の工夫が凝らされる。得意な札はどこ、苦手な札はどこ、決まり字の長い札はどこ——といった具合だ。

「決まり字」というのは、上《かみ》の句の頭の何文字で、下《しも》の句が分かるかということを言う。たとえば、「あ」で始まる歌は十七もあるから、読み役が「あ」と言っただけでは札を取ることは不可能である。

決まり字の長さは一文字から五文字までさまざまだが、中でも長いのは「あさぼらけ」「わだのはら」というのが、それぞれ二首ずつあって、これが競技者にとっては、もっとも頭の痛い札ということになる。

あさぼらけ　有り明けの月と見るまでに
吉野の里に降れる白雪

あさぼらけ　宇治の川霧たえだえに
あらはれ渡る瀬々の網代木《あじろぎ》

読み役が「あさぼらけ」と歌っているあいだ、選手はどちらの札を読むのか、緊張を強いられる。そして次の発声が「あ」か「う」か、一瞬のうちに聞きとって、札を取るのである。

その逆に、一文字で歌が分かってしまうものもある。「む」「す」「め」「ふ」「さ」「ほ」「せ」で始まる「一枚札」と呼ばれる七首がそれだ。

村雨の露もまだ干《ひ》ぬ槙《まき》の葉に
霧立ち昇る秋の夕暮れ

吹くからに秋の草木のしをるれば
むべ山風を嵐といふらむ

などがそうで、これらはすべて、最初の発声を聞いた瞬間、手が札に伸びていなければならない。コンマ一秒以下の反射神経が要求される。

向かいあいに座ったとき、当然、自分の札より、相手側の札の位置が遠くなる。したがって、対戦する同士の能力が同じだと、相手の札を取ることは至難の技だし、逆に、自分の札を相手に取られるようでは、勝つことは難しい。

前述の「一枚札」の場合には、それこそ、単純に距離の差で、札を取るスピードが決定するけれど、「あさぼらけ」のように、「準備期間」が長い札だと、距離はそれほど決定的な要因ではなくなってしまう。双方とも、札のある位置近くまで手を伸ばし、次なる発声を待つ態勢に入っているからである。

したがって、そういう札をどこに置くかが、作戦の分かれ道になるわけだ。大抵は、決まり字の長い札は、いちばん手前に置く。相手の手が伸びる寸前に、札を囲うようにして掬《すく》い取るテクニックがある。野球のキャッチャーがやる「ブロック」そのものだ。

このとき、手と手が触れ合う。「身のいたずらになりぬ……」というような生易しいものではなく、まさに激突である。爪《つめ》が伸びていると怪我をするので、競技前には必ず爪を切るのがエチケットだ。

さて、シードされた浅見と朝倉理絵が、トーナメント方式で勝ち上がって、予想どおり決勝戦で対戦することになった。

戦い終わった連中が周囲に人垣を作り、固唾《かたず》を飲んで見守った。その真ん中で、配られた札を並べ終え、端座してじっと向かいあう二人は、美男美女、浅見のオジン年齢をべつにすれば、なかなかお似合いのカップルのように見えた。

「君が代はァ……」

読み役の雪江が、朗々とカラ札を読み始めた。カラ札は競技の最初に読む歌で、この歌を読み終わった瞬間から競技が開始される。その場合、どんな歌を読んでも構わないけれど、雪江は必ず、国歌「君が代」を朗詠するのが決まりだ。

「……千代に八千代にさざれ石の……」

雪江はのどかに、自分の声に酔いしれたように歌った。

2

浅見は朝倉理絵が自札を並べ終えるのを見て、彼女がなみなみならぬ腕前の持ち主であることを知ると同時に、弱点らしきものがあることも看破した。

それは、理絵が隣で準決勝を戦っているときにも、うすうす察してはいた。

理絵の札の配置方法は、基本的にはオーソドックスタイプといえる。ただし、一般的には、自分の利き手が動き易く、相手の利き手からはもっとも遠い位置である、右サイド手前――いわばふところふかい場所に置くはずの、決まり字の長い札――たとえば「あさぼらけ　有り明けの月……」の札を、逆の左奥に置いているのが変わっていた。

選手は両膝《りょうひざ》をやや開きかげんにして、腰を浮かせた前傾姿勢をとり、左手を左膝の脇につき、右手を体の正面に構えた状態で読み役の発声を待つ。猫がネズミを狙うというよりも、カマキリが獲物を待つ恰好といったほうが当たっているかもしれない。

そうして、歌が読まれるのと同時に腕を伸ばすのだから、どうしても右方向に手が行く速度のほうが早いわけだ。相手側の向かって左奥にある遠い札を取るためには、肘《ひじ》の関節だけでなく、膝、腰も伸ばす必要があるから、もっとも取りにくい。

理絵はそのセオリーを無視したような配置を、平気で行っていることになる。

（なぜだろう?……）と、札を並べながら、浅見は考えた。

答えは一つしかない――と思った。

理絵は決まり字の長い札に対して、よほど自信があるにちがいない。

（その自信は何によって裏打ちされているのだろう?――）

その考えを煮詰めていって、浅見はひとつの仮説を抱いた。要するに、理絵は決まり字の次に出る発声に敏感なのだ。そうにちがいない。

読み役は「あさぼらけ」と読んだあと、できるだけ早いタイミングで「有り明け……」なのか「宇治の……」なのかを読み進めなければならない。もし読み役が「あさぼらけェ～」などと、気分を出して読んだりしたら、次の言葉に全神経を集中して待っている競技者は、ズッコケてしまう。

したがって、読み役は「あさぼらけ」のあと、語尾を伸ばさずに次の字を発声する。

しかし、それでも「あさぼらけ」のあとにほんのわずかな隙間《すきま》が生じる。そして、その次の言葉が出てくる寸前に、微妙な駆け引きの余地が生じる。たとえば、二分の一の確率に賭けて、発声の前に札を払ってしまうことも考えられる。

ただし、これはまさに危険な賭けだ。読み上げられたのが、もしべつの札だとしたら、お手つきとなってしまうからである。

理絵がそんな危険な賭けを前提に、札の位置を決めているとは思えない。そんなことでは、一発勝負ならともかく、連戦連勝して女王の座につくことは不可能だろう。

だとしたら——と、浅見は考え、仮説を抱いた。

理絵は、読み役が決まり字の次の言葉を読む、ほんの一瞬前の、いわば気配のようなものを感知して、行動を起こすのだ。

「あさぼらけ」の次に「あ」で始まるのか、「う」で始まるのか——読み役の口が「け」の形から「あ」あるいは「う」へ移行する、ほんのかすかな気配を、である。

それは必ずしも不可能ではない。「け」のあと、「あ」を発声するほうが、「う」を発声するよりも、ほんのわずかだが移行しやすいことを確かめてみるといい。

その微妙な差をキャッチして、運動神経に命令を発するのである。

浅見はそう看破した。

そしてそのとおりに、理絵はみごとに「あさぼらけ」の札を、浅見の攻撃から守った。浅見の手が札を払う寸前、理絵は庇《かば》い手で札を掬い取っていた。浅見の指先は、理絵の小指の爪の先に触れただけで、むなしく空を切った。

理絵の目が、チラッとこっちを向いた。「いかが？」と笑っている目であった。

浅見は久々、敵愾心に燃えた。負け惜しみでなく、ここまでは、年甲斐もなく――と言われそうなので、あまり真剣にならないで、ゲームを楽しむ気持ちでいた。それが、本気で、（よし、負かしてやろう……）という気になった。

それからは一進一退の接戦がつづいた。さすが女王だけあって、理絵はスピード、駆け引きとも、隙がなく、あざやかな試合ぶりだったが、浅見も本気を出せば、まだまだやれる自信があった。

双方それぞれ五枚を残す終盤になって、浅見の目は敵陣にある「すゑのまつやまなみこさじとは」の札を睨《にら》んでいた。

その札をどちらが取るかが、勝敗を決する分かれ道になるだろう――と、浅見は確信した。

契りきなかたみに袖《そで》をしぼりつつ
末の松山浪越さじとは

この最初の「ちぎり」の三字は、ほかのもう一つの歌と共通である。

契りおきしさせもが露をいのちにて
あはれことしの秋もいぬめり

こっちのほうの札は、対戦する二人の札の中にはなかった。使用しない五十枚の中に死蔵されたままで、しかもその歌はまだ読まれていない。

つまり、「ちぎり」で始まる歌は、まだこの時点で二枚、残っているわけだ。どちらの札が先に読まれるか――が、重要な勝敗の岐路になる。

それから三枚目に「ちぎり」が出た。

浅見は「ちぎり」の「り」が発声される寸前、動作を起こして、右手を理絵の手元近くにある「すゑのまつやまなみこさじとは」の札に飛ばした。

ギャラリーは「あっ」と思ったにちがいない。それは浅見の賭けだ――と。

しかし、じつは浅見には札を取る気はなかった。理絵の庇い手を誘って、お手付きをさせる狙いだ。

案の定、理絵は右手を手前に引きつけ、札を守る姿勢を作っていた。そこへ浅見の手が飛んだから、読み役の発声を待つ余裕がなく、とっさに札を払った。

「契りおきしさせもが露をいのちにて……」

読み役の雪江の声が無情に流れた。

「あはれことしの秋もいぬめり」

お手付き――である。

理絵は茫然《ぼうぜん》として、散らばった札を並べ直すことも忘れていた。

浅見の札の一枚が理絵側に送られ、五対五のタイスコアだった局面が、六対四と、一挙に差が開いた。

それ以上に、理絵の心理的な動揺が戦いを左右した。理絵は乱れに乱れ、最後は四枚を残して浅見に凱歌《がいか》が上がった。

勝負がついてもまだ、理絵は唇を嚙《か》み締めて、残りの札を見つめていた。女王のプライドがそうさせるのかも知れないが、驚くべき負けん気の強さであった。

　ギャラリーは溜め息をつき、少し遅れて拍手が起こった。「すごかったわね」という声も洩《も》れた。「なんだか、真剣勝負みたいで、怖かったわ」とも言った。

「さすがにお強いですね、もう一度やったら、僕が負けますよ」

　浅見は慰めをいったが、半分以上、本音といってよかった。

「お愛想はおっしゃらないでください、負けは負けです」

　理絵は顔を上げて、浅見を睨むようにしながら、言った。浅見が思わず、背筋を伸ばすほどの硬質な口調であった。

　気まずい沈黙が流れた。本来、勝負にこだわるカルタ会ではないので、常連と理絵とのギャップが、あらためて浮き彫りになった感がある。浅見にも、少しムキになり過ぎたという反省があった。

「さあ少しお休みにして、お夜食を召し上がらない？」

　白けた空気を救うように、雪江が陽気な声を発した。

　浅見家のカルタ会では、雪江手作りのチラシ寿司が名物で、広間や応接室、思い思いの場所に散って、歓談しながら過ごす時間が、また楽しいのである。

　浅見は須美子と和子と一緒に接待役に回って、母親の手から盆に載せられたチラシ寿司の皿を、あちこちに配って歩いた。

　理絵は応接室の隅のほうにある、陽一郎がドイツ土産に買ってきた木製のベンチに、独りポツンと座っていた。さっきのことがあって、ほかの連中から、やや敬遠されたような雰囲気であった。

浅見がチラシ寿司を勧めると、

「どうもありがとうございます」と頭を下げてから、もう一度頭を下げて、

「ごめんなさい」と言った。

「あんな変なこと言って、いやなヤツだとお思いでしょうね」

「いいえ、そんなことはないですよ」

浅見は困って、しかし、それをいい汐《しお》にして、ベンチに並んで腰を下ろした。盆の上のチラシ寿司は一つだけになっていたので、それに、自分の箸《はし》をつけることにした。

「あれ、ショックだったのです」

理絵はポツリと言った。

「は?」

「さっきのあれ、『すゑのまつやま』でお手付きを取られたの、ショックでした。あんなこと、はじめてなんですもの」

「そういえば、『すゑのまつやま』には自信がありそうでしたね」

「ええ、いままで、競技会で取られたことは一度もないんです」

「そうだと思いました。あなたは決まり字の次の言葉が出る寸前に、読み手の無声音を感知するのでしょう?」

「えっ、どうして?……」

理絵は驚いて、箸を取り落としそうになった。

「どうして分かったのですか?」

「ははは、やっぱりそうでしたか。いや、そうでなければ、あの不利な場所に、『あさぼらけ』や『ちぎりきな』を置くはずがないですからね」

「すごい……」

理絵は感嘆の声を洩らした。

「すごいわァ、浅見さんて、そこまで見破っていたんですか。だったら、かないっこありませんよ」

「そんなことはない。あのとき、たまたまお手付きになったから勝てたようなもので、そのまま『すゑのまつやま』が出ていたら、ぜんぜん勝てませんでしたからね。あんなふうに、お手付きを誘うなんて、卑劣なやり方ですよ。しかし、ああでもしなければ勝つチャンスはなかったでしょうね。どうせ、『すゑのまつやま』は絶対に取れないと思いましたから」

「ええ、そうなんです、私も絶対に取られないっていう、自信があるんです。ほかの札ならともかく、『すゑのまつやま』だけは取られたくないし、絶対に取られないって。ですから、それをスパッと抜かれそうになって、慌ててお手付きをして、すっかり動揺してしまって、あとは目茶苦茶でした」

「じゃあ、『すゑのまつやま』がよほどお好きなんですね」

「ええ、好きっていうより、あの歌には強い思い入れみたいのがあって……どうしてかっていうと、私はそこの出身ですから」

「え？　そこの……っていうと？」

「ですから、末の松山の、すぐ近くで生れ育ったのです」

　理絵はなんでもないことのように言っているけれど、浅見は困った。

「恥を晒《さら》すみたいですが、僕は不勉強で、末の松山がどこにあるのか、よく知らないのですよ」

「あら、ほんとですか？　あんなにカルタがお上手なのに……」

理絵は意外そうに目を見張った。

浅見は苦笑した。たしかに理絵の言うとおり、百人一首に親しんでいながら、歌の内容に通じていないのはおかしいかもしれない。しかし、カルタを取るスピードと、歌の意味を解釈することとは、あまり関係がないことも事実だ。

「末の松山は、たしか東北でしたね、福島県でしたか？」

その程度のおぼろげな知識は、浅見にもあるにはある。

「いいえ、宮城県です。宮城県多賀城《たがじょう》市、かつては大和《やまと》朝廷の陸奥《むつ》国府があったところですよ」

理絵は誇らしげに言ったが、浅見の頭の中の地図には、多賀城市の位置が出てこない。仕方がないので、「宮城県のどの辺りにあるのですか？」と訊ねた。

「仙台のすぐ北隣です。仙台市と塩釜《しおがま》市とのあいだに狭まれた、小さな町です。私にとっては大切なふるさとですけど、東京の人が知らなくても、不思議はないですね」

理絵は少し寂しそうな顔をした。

「いや、僕はたまたま無知だから知らないだけで、国府があった場所なら、大抵の人は知っているんじゃないですか」

「そうでもないみたいです。大学のとき、国文学科だったのですけど、ともだちが誰も知らなくて、びっくりしたことがあります。誇らしく思っているのは、地元出身の人間だけで、ほんとは、ただの田舎なのかもしれません」

「しかし、そんなふうに誇らしく思える故郷があるって、羨《うらや》ましいですよ。東京の人間にはそういう、ふるさとに対する熱き想いなんて、ありませんからね。帰郷とか望郷って言うでしょう、ああいうのに、すごく憧れを感じるのですよ」

「そう、それはあるかもしれませんね」

理絵は嬉《うれ》しそうに言った。

「じゃあ、正月は故郷に帰ってこられたのですか?」

「いえ……」

理絵はまた暗い表情になった。

「いまは、家族もみんな、東京に移り住んでいますから」

「あ、そうなんですか。というと、お父さんの転勤か何かで?」

「父は……父は死にました」

「えっ、あ、これは失礼、悪いことを訊いてしまった」

「いいんです、もう三年も前のことですから。それで、兄が東京の会社に勤めていたもので、母もこちらに出てきたのです。もう、多賀城には家はありません」

「そうですか、それは寂しいですね」

「ええ、寂しいです……」

理絵はほんとうに心の底から、しみじみと言って、しばらく黙ってから、ふいに呟《つぶや》くように言った。

「父は殺されたのです、それも、末の松山の松の木の下で……」

浅見は驚いて、理絵の白い横顔を見つめ、動けなくなった。

3

最初は、理絵が冗談を言っているのかと思ったが、理絵の顔にはそういう気配は微塵《みじん》もなかった。

「殺されたって……それ、どうして……誰に殺されたんですか？」

浅見はかろうじて、とおりいっぺんの質問をした。

「分かりません。警察でずっと捜査しているみたいですけど、まだ犯人は捕まっていないのです」

「事件が起きたのは三年前ですか」

「ええ、正確に言うと、三年と三カ月ぐらいになります、十月でしたから」

「それで捜査に進展がないとすると、迷宮入りする可能性がありますすね」

「ええ、たぶんだめみたいです」

理絵の眉《まゆ》の辺りに、負けん気の、悔しそうな表情が覗いた。

「もしよければ、お父さんが殺されたときの状況を話してくれませんか？」

「…………」

理絵は、浅見に怪訝《けげん》そうな視線を向けた。どういう意図で話を聞きたがっているのか、窺《うかが》う目であった。

「いや、もし気に染まなかったら、いいのです。きっと、あなたにとって、つらい話でしょうから」

「いいえ、聞いてくださるなら、お話しします。でも、途中で泣くかもしれません」

「さあ、それはどうかな」

浅見は微笑を浮かべて、首をかしげた。

「あなたは泣かないひとだと思いますよ。なんなら賭けてもいい」

「ひどい……」

理絵は唇を尖《とが》らせて浅見を睨み、それから笑い出した。

「それ、当たりです。私は泣かない女なんです。母までが、おまえは情のこわい娘だって、呆《あき》れています」

「それも違うみたいだけど」

浅見は微笑のまま、静かに言った。

「あなたはいつか、そのときがくれば泣きますよ、きっと。ただ、いまは泣かない……そんな気がしただけです」

理絵は浅見の視線を外して、チラシ寿司に箸をつけた。

「浅見さんの眼って、鳶《とび》色なんですね」

「え？　あ、そうかな、あまり気にしていなかったけど。それ、鳶色だと、何か具合が悪いことでもあるのですか？　たとえば、色弱になりやすいとか、老眼になるのが早いとかいうふうに」

「まさか……そんなの、聞いたことありませんよ。第一、老眼を心配するお歳じゃないと思いますけど」

理絵はおかしそうにチラッと浅見を見て、笑った。

「浅見さんて、優しいのですね。でも、その鳶色の眼に見つめられると、なんだか怖いみたいな気持ちがします」

「うーん、そうなんですか……そんなにいやな眼をしていますか」

「いやだなんて、そんなんじゃありませんよ、何でも見透かされてしまいそうな気がするんです」

「ああ、それは僕の好奇心のせいですよ、きっと。僕は興味を覚えると、つい物欲しそうな目で、じっと見つめてしまう癖があるらしいのです。子供のころからそうだったみたいで、叔母にいちど、気味が悪いって言われたことがあります」

「そんな、それはずいぶんひどい言い方です……なんて、私が怒ってもしようがありませんけど」

理絵はまた笑った。

「そんなふうに笑っているところを見ると、なんだか、お父さんが不幸な目に遭ったなんて、信じられませんね」

「ほんと、変ですよね。被害者の娘としては、もっとしおらしく、打ちひしがれたような顔をしていないといけないですよね」

「ははは、あなたは不思議なひとだなあ。しかし、お父さんのことは、本当にあったのでしょう？」

「ええ、本当にあったことです。嘘だったり、夢だったりしたら、どんなにかいいのにと思いますけど」

さすがに、理絵は神妙な顔になった。

「あらためて訊きますが、お父さんが殺されたのは、末の松山のどこで、どんなふうに殺されていたのですか？」

「父の死体が発見されたのは、末の松山の松の根元のところです。警察の話ですと、死因は毒物を服用したことによるもので、ほとんど即死だったろうって……」

理絵は小さく体を震わせて言った。浅見はわずかに頭を下げた。

「死体を発見したのは誰ですか？」

「その日は月曜日で、学校へ出掛ける途中の、近所の小学生が見つけて、お寺の住職さんに知らせたのです」

「お寺？」

「ええ、末の松山は、宝国寺っていうお寺の裏の、小さな岡の上にあるのです。隣は墓地になっています」

　浅見はその風景を想像しようとしたが、じきに諦めて、訊いた。

「そうすると、現場付近に住居はないのですか」

「いいえ、お寺とは道路を隔てて、住宅が並んでいます。末の松山は道路からほんの十メートルばかりお墓のほうに入ったところですけど、でも、そんなに寂しい場所ではありません」

「死亡時刻は？」

「前の晩の十時前後ではないかって、警察では言ってました」

「それで、犯人のめどはまったくつかないのですか？」

「ええ」

「たとえば、盗み目的の犯行だとか、そういうことも分からないのでしょうか？」

「強盗ではないらしいって、言ってました。父の車は現場から少し離れた道路に駐めてありましたし、所持品は、現金のほかにも、外国製の腕時計だとか、ライターだとか、結婚指輪だとか、いろいろありましたけど、何一つ盗まれていないのです」

「手帳とか、書類はどうですか？」

「書類はどうか分かりませんけど、手帳はジャンパーのポケットに入っていました」

「その手帳の中に、何か事件に関係するようなことは書いてなかったのでしょうか？　たとえば、人の名前や、誰かに会う予定があったとか、です」

「なかったみたいです。私も見ましたけど、父の手帳は、もともと短歌や俳句を書きつけるためのものでしたから、住所録はつけてありましたけど、そういう、予定表や日記のような使い方は、あまりしていなかったみたいです」

「お父さんの、短歌や俳句というのは、かなりのものだったのですか?」

「ええ、作品の質はまあまあだったと思います。少なくとも熱心だったことはたしかですね。仕事の合間や、家にいるときも、何やら思いつくたびに書き込んでいました」

「そうそう、その前に、お父さんのお仕事は何だったのですか?」

「公務員です、市役所に勤めていました。社会教育課長をしていて、郷土史の研究や、観光開発なんかに熱心に取り組んでいたらしいのですけど。あと何年だかで退職だから、そうしたら各地の歌枕を尋ね歩くのだって、楽しみにしていました」

理絵は話しているうちに、しだいに沈んだ口調になった。しかし、それは悔しさからであって、とても泣きそうな雰囲気は感じられなかった。

「歌枕といえば、末の松山も歌枕として有名ですね」

浅見は話題の方向を変えた。

「ええ、東北、陸奥《むつ》の国の歌枕の中では、末の松山がいちばん歴史が古いのだと、聞いています」

理絵はふるさと自慢になると、急に元気づく。浅見を見る目がつややかに輝いた。

4

歌枕——といっても、その意味を知らない人がいるかもしれない。漠然と理解しているつもりでも、いざ正確に説明しようとすると、なかなかうまく表現できないものだ。

広辞苑の「歌枕」の項をひいてみると、つぎのように説明してある。

〔歌枕――古歌に詠み込まれた諸国の名所〕

じつに簡単明瞭な解説だ。たぶん、これでいいのだろうけれど、厳密にいうと、少しニュアンスが違うらしい。

「歌枕」として認められるためには、古い歌に詠まれた場所なら、なんでもいいというわけではない。最初に歌われた歌や、書かれた文学作品を参考にして、その後、いろいろな歌人によって、いわば「枕詞《まくらことば》」的に、頻度高く歌われた地名でなければならないのだそうだ。

もっと突っ込んだ言い方をすると、最初に作られた歌はともかく、後続の歌の作者は、現実にはその場所を訪れていないし、もちろんどういう風景か、その目で確かめたわけではないという点が、じつは歌枕の歌枕たる所以《ゆえん》なのである。

それとよく似た作歌法に「本歌取り」というのがある。

たとえば、「末の松山」というのは、もとをただせば、その土地に地方民謡のようにあった素朴な風俗歌の中に歌い込まれていたのを、都から多賀城の国府に赴任した役人たちが、いつしか愛唱するようになったものだといわれる。

君を措きて　あだし心を　我が持たば
や　なよや　すゑの松山　浪も越え
越えなむ　や　浪も越えなむ

これが原形で、任期を終えて帰還する役人たちによって都に伝えられた。この歌の意味は、「愛するあなたを裏切るような悪い心を私が持ったならば、遠い海の浪があの末の松山さえ越えるでしょう」というようなものである。つまり、そんなことは絶対にない——と、反語的に言って愛を誓う歌だ。

これがやがて、都の貴族や歌人たちに、作歌モチーフとして採用され、洗練された歌のテーマに昇華《しょうか》する。

浦ちかくふりくる雪は白浪の
末の松山こすかとぞ見る　　藤原興風《ふじわらのおきかぜ》

この歌が、最初に「末の松山」を歌枕として採用した歌であるらしい。

やがて「契りきなかたみに袖をしぼりつつ末の松山浪越さじとは」の歌でも明らかなように、「契り——愛の約束」の証《あかし》として、「末の松山」を比喩的に用いるようになった。そして、数多くの歌に登場し、「末の松山」は一級品の歌枕として定着したのだ。

松尾芭蕉が歌枕を訪ねて旅をしたルートが、「奥の細道」である。もちろん、この「末の松山」にも、芭蕉は弟子の曾良《そら》と一緒に立ち寄っている。

「死亡推定時刻は夜の十時でしたね」

浅見は言った。

「いくら歌枕に興味を抱いておられたにしても、そんな時刻に、お父さんが末の松山へ行かれたのには、何か特別な理由があったのでしょうか？」

「それはないと思います。末の松山といっても、そこに住んでいる人間にしてみれば、ふだんはそれほど意味のある風景でもないわけで、現に、父は役所の往復に、いつもすぐそばを通っているのです。わざわざ夜遅くにそんなところへ行かなければならない目的なんて、なかったと思います」

「そうすると？」

「母の話だと、その日は日曜日で、父は朝早くに外出して、夕方近くに電話してきて、少し遅くなると言っていたそうです」

「朝早くから、どこへ行かれたのですか？」

「うやむやの関です」

「うやむやの関？」

浅見は聞き間違えたのかと思った。

「ええ、変な名前でしょう。でも、これもれっきとした歌枕なんですって。有耶無耶《うやむや》って書くのですけど」

理絵は文字の説明をした。

「場所は仙台の西の川崎町《かわさき》っていうところにあるらしいのですけど、私は行ったことはありません」

「川崎町はたしか、温泉があって、紅葉の名所じゃなかったかな」

「ええ、そうです。青根《あおね》温泉と峨々《がが》温泉です。よくご存じですね」

「そういう観光地の名前は、わりと知っているんですよ。それで、お父さんはそこに、何をしに行かれたのですか？」

「ですから、歌枕を訪ねて行ったのです。十五、六年ぐらい前から和歌だとか俳句だとかに興味を持って、休みのたびに、そういう小旅行みたいなことをしていました」

「お独りで？」

「ええ、いつも独りですって」

「しかし、川崎町までは、そんなに遅くなるほど遠くはないでしょう。遅くなる理由は何だったのですか？」

「母は、帰りに誰かと会ったのじゃないかって、そう言ってます」

「誰と会ったのか、分かりませんか？」

「それは分かりません。父はあまりそういうこと、詳しく話さないタチでしたし、母も心得ていて、訊かない習慣になっていましたから。それに、父の電話はとってもそっけなくて、私たちがちょっとでも長電話なんかしていると、受話器を取り上げて、ガチャンと切ってしまうんです」

理絵は、懐かしそうな目になっている。

「ただ、その電話をかけてきたときの声の調子は、なんとなく楽しそうな感じだったって、母は言っています」

「その朝、お宅を出るときの、お父さんの様子はどうでした？」

「べつに、いつも出かけるときと、あまり変わりはなかったそうです。父は自分だけ遊びに行くみたいで、照れくさいせいか、いやいや出掛けて行くようなポーズを取っていたとか、母は言ってました」

「ん？　というと、あなたはお宅にいなかったのですか？」

「ええ、私は東京の兄の家に居候をして、大学へ行ってましたから」

「あ、そうですか、じゃあ、ご両親が二人だけで住んでいらっしゃったのですね」

「ええ、そうです」

浅見の脳裏には、しだいに、その当時の朝倉家の様子が形づくられてきた。

「そうすると、問題は、その日のお父さんの帰りを遅くさせた人物が誰か――ですね。警察は、もちろん、役所の同僚や友人、知人関係にも事情聴取をしているでしょうけど、何も出てこなかったのでしょうかねえ」

「そうみたいです。誰に訊いても、殺されるような動機に結びつく話も出ないし、手掛りになる物的証拠も何もないって、刑事さんがこぼしていました」

「しかし、何かあるはずですけどねえ。現実にお父さんが殺されたのですから」

「でも、ほんとに何もないのです。娘の口から言うのはおかしいですけど、父はほんとに紳士で、悪いことは悪い、いいことはいいっていう主義でした」

「しかし、そういうふうに、はっきり物を言う人は、悪い人間にとっては、とかく目障りなものではありますよ」

「でも、陰で他人の悪口を言ったり、告げ口をするような卑劣なことは、一切しなかったことはたしかですよ」

「いいなあ……」

浅見はしみじみとした口調で言った。

「そんなふうにお父さんのことを語れる人は、いまは珍しいですよ、きっと」

「あら、浅見さんのお父さんも、とてもすばらしい方だったたって、奈美さんから聞きましたけど」

奈美は理絵を紹介した、浅見家の遠縁の娘である。たしかに、浅見の父親は立派な人間だった。大蔵省のエリートで、局長までゆき、まもなく次官になるというところで、惜しくも急逝した。兄の陽一郎も、父親に負けないエリートだから、浅見は親戚に対して肩身の狭い想いを強いられることになる。

「ひとつだけ」と、理絵はふと思い出したように言った。

「父の手帳の最後のページに、ちょっと変わったことが書いてあったのですけど」

「ほう」

浅見は興味を惹《ひ》かれ、身を乗り出した。

「さっき言ったように、手帳には歌や俳句を思いつくままに書き綴ったり、覚え書きみたいなことが書いてあるのですけど、いちばん最後のところに、こう書いてあったんです。『白浪、松山を越ゆ』って」

「は?……」

浅見はキョトンとした目を理絵に向けた。

「何なのですか、それ?」

「分かりません、そんなこと。ただ、読んだとおり、白浪が松山を越えたという意味にしか取れません」

「しかし、白浪は末の松山を越えないのでしょう?」

「ええ、越えないから、歌枕として成り立っているのですよね」

「そうだと思うけれど……しかし、越えたのですかねえ?」

二人とも考え込んでしまった。

「でも、ただの思いつきで書いたものだと思いますよ。ほかにも、わけの分からないことをメモッてあります。深い意味はないのじゃないでしょうか。警察ではぜんぜん関心がないみたいですし」

「『白浪、松山を越ゆ』ですか……何やら意味ありげですけどねえ」

浅見はこだわった。

「その言葉を書いたのは、事件のあった日なのですね？」

「ええ、それはそうみたいです。有耶無耶の関のメモが少しあって、そのあとに書き込んでありますから」

「有耶無耶の関と、白浪や松山とには、関連があるのでしょうか？」

「さあ、あるとは思えません。だって、有耶無耶の関のある川崎町は、仙台から山形県の方角に向かった、山奥ですもの、白浪どころか、海だって見えるはずもないし」

「うーん、それなのに白浪ですか……奇妙な話ですねえ。いったい、何を考えてそんなメモを残されたのかなあ？……」

　そのとき、奈美が二人を呼びにきた。「そろそろ始めましょうよ」と言っている。

「これ、いただいてから行くわ」

　理絵は言い、浅見は立ち上がった。

「どう、彼女、いいでしょう」

　奈美が浅見に並びかけながら、いたずらっぽい目で囁《ささや》いた。

「ん？　ああ、いいお嬢さんだなあ。だけど、お父さんが殺されたのだそうだねえ。お気の毒に」

「ああ、その話したの？　いいなあ、同情される話の持ち主はモテるから」

「そういう、人の不幸を、面白がるようなことを言うもんじゃないよ」

　浅見は奈美を窘《たしな》めた。窘めながら、自分も理絵が話してくれた「事件」に、興味以上のものを抱いていることを、少なからず後ろめたく思った。

　このぶんだと、近いうちにきっと、歌枕を訪ねる旅に出るだろうな――と思った。

第二章　有耶無耶《うやむや》の関

1

　百通以上はあった年賀はがきの中で、たったの一枚だけ、切手シートが当たった。それが選《よ》りによって朝倉理絵からのものだったというのが、千田にはなんとも皮肉な感じがした。

　――父の事件もとうとう四年目に入りました。今年こそは事件が解決いたしますようお祈りしております。

「明けましておめでとうございます」のあとに、そう書いてある。

　そういえば去年のも、そんな文面だったような記憶が蘇《よみがえ》ってきた。

「四年目か……」

　千田は呟《つぶや》いて、窓の外を見た。茶色い木立を背景に、風花が舞っている。このあたりは本格的な雪は春先にならないと降らない。ただ、気温がむやみに下がる日があって、そんな日には奥羽山脈を越えてきた風花が舞うのである。

　四年目という数え方はしたくないが、それにしても、朝倉義昭が末の松山で死体となって発見されてから、丸三年以上になる。千田はその最初から事件にタッチしていた。考えてみると、あの事件の直前に多賀城署に着任したのだった。

　ここが最後の任地になるであろうことは、五十の坂をとっくに越した自分の年齢からいって、予測がついた。ついに巡査部長どまり、しかも警察人生の生涯を刑事畑ひと筋で終えることになりそうだ。

　途中、何度か昇進のチャンスはあった。次の試験を前にして、内勤のほうに変わったらどうか——という上からの誘いもあった。刑事はやたらに多忙で、勉強の時間がないから、昇進試験には不利なのである。

「いいえ、自分は刑事が好きでやっているのですから」

　千田はそう言って断わった。

　せっかくの親切で言うのに——と、上司は心証を悪くしたにちがいない。そういうことも昇進の遅れに繋《つな》がったのかもしれない。

　制度が改正され、刑事等、現場の煩務《はんむ》が多い職種にも昇進の道が開かれるそうだが、遅すぎた。

（まあいいか——）と千田は思うことにしている。好きでやってきた仕事だ、昇進が遅いのも、給料が上がらないのも、その好きな道でやってこられた報酬と差っ引きだと思えば、そう腹も立たない。

　とはいえ、朝倉の事件が片づかないままで、警察を去ってゆくのは辛い。

「三年三カ月か……」

　理絵からの年賀はがきを眺めながら、千田は呟いた。

　十五年という殺人事件の時効に較べれば、それは長くはないかもしれないが、しかし、無為に送ったのでは、十五年が百年あったとしても、結果は同じことである。

　発生当初から、なんとなく長引きそうな、嫌な予感がした事件であった。ただし、捜査当局としての見解は、単純な殺人・死体遺棄事件——として、比較的に早期に解決するだろうというものであった。

死体が無造作に捨てられていた状態からいっても、そういう心証を与えたことは事実である。しかし、財布も時計も結婚指輪も、何一つ盗まれた形跡がないということと、その死体遺棄の乱暴さとのギャップは、いまにして思うといかにも不自然だった。

犯行の目的が分からない。

まったく、犯人は何を考えて朝倉を殺害したのだろう?

それに、何のために、わざわざあの場所に死体を運んで来なければならなかったのだろう?

折角(?)金目の物を身につけているというのに、何一つ盗もうとしなかったのは、なぜなのだろう?

それに、そう、被害者の手帳に書いてあった、あの奇妙な言葉は、あれはいったい何だったのだろう?

——白浪、松山を越ゆ——

それが「末の松山」を意味していることぐらいは、千田にも理解できる。

千田は、ほんの手すさび程度だが、短歌を趣味としている人間だ。もともとは俳句をやっていたのだが、短歌を覚えてからは、しだいに俳句を離れ、もっぱら短歌に勤《いそ》しむようになった。

短歌と比較してみると、たしかに五七五の俳句は難しい。ちょっと考えると、むしろ逆のような気がするけれど、わずか十七文字で一つの心象風景をうたい上げるというのは、たいへんな技術と感覚が要求されることが分かった。

そこへゆくと、短歌は三十一文字まで許容範囲が拡がったぶん、表現に自在さが与えられるように思え、千田にはこっちのほうが親しみやすかった。

　台風の余波にゆれゐる海岸に根を置く虹の太し明るし

　これが去年の秋、千田の詠《よ》んだ作品で、短歌雑誌の選評で評判のよかったものである。

「見たままをドッカリと据えて描いたのがいい」

という評であった。

　褒《ほ》められて照れた。見たままを見たとおりにしか詠めないのが本音だった。しかし、そういう素直さを認めてもらえる世界なのかもしれないと、励みにはなった。

　殺された朝倉義昭が短歌の愛好者であると知って、千田はいっそう身近な事件として取り組んだつもりだ。

　だが、捜査の進展はまったく思わしくなかった。

　家族はもちろん、勤務先の多賀城市役所の同僚や友人たちの誰に聞いても、朝倉に人に怨まれるような要素は何もないというのである。かりに、誤解やちょっとした行き違いがあったとしても、殺されなければならないほどのことには、なるはずがない——というのが、朝倉のことをよく知る人々の一致した感想であった。

　かといって、行きずりや通り魔による犯行ではない。なにしろ、殺しの手段が「毒殺」なのだ。少なくとも毒物を準備しなければならないし、しかも、あの場所に死体を遺棄するには、それなりの理由だってあるはずなのだ。

　つまり、ものの弾みによる殺人ではない。れっきとした計画的な犯行である可能性が強い。

それなのに、一人として朝倉に恨みを抱く人物が浮かび上がってこないのだから、不思議だった。

初動捜査の段階では二百人あまりの捜査員が動員された。しかし、ひと月も経たないうちに捜査員は三十人に減り、やがて十数人、数人と規模が縮小された。現在では所轄の多賀城署内でも、専従の刑事がわずか三人、それも完全にこの事件だけを担当しているわけでなく、いわばほかの事件の片手間に捜査活動を継続し、何か新事実が出てくれば、それなりに対応する——といった具合で、とてものこと、真相究明に力を注いでいるとは言い難い。

その中で、千田は独り、まともにこの事件を追い掛けている。というより、ほかの事件捜査の枠からはみ出していると言ったほうが当たっているかもしれない。

「センチョーに任せるよ」

刑事課長みずからそう言うと、いかにも信任が篤《あつ》そうに聞こえるけれど、じつは冷飯を食わせているようなものなのだ。

「センチョー」というのは千田部長刑事の略称である。日焼けした顔で、やたらに煙草をふかす千田の風采の上がらない様子は、草臥《くたび》れはてて港に帰りついた老船長を彷彿《ほうふつ》させるところから、そのニックネームがぴったりしている。

解けるあてのない事件を千田に任せきりにして、署内の大勢は新しく発生する事件捜査に、どんどん走り出して行く。捜査が始まってから、署長も刑事課長も二度、顔触れが変わった。

港の端にドッカと腰を据えているのは、千田ただ一人。まさに老船長の風格ではある。

朝倉理絵から手紙で、いちどお邪魔したいと言ってきたときは、千田は鬱陶《うっとう》しい気分であった。

——私の知人に父の事件の話をしましたところ、たいへん興味を持ちまして、千田さんに事情をお聞きしたいと言うのです。とくに、父が最後に書いた「白浪、松山を越ゆ」という文章の意味が何なのか、ぜひ調べてみたいと言っています。

理絵の手紙はそう結んでいる。

お年玉の切手シートが当たったからというせいでもないけれど、来るなと、すげなく言うわけにもいかず、千田は「どうぞお待ちしています」と返事を書いた。

しかし本音を言えば、逃げ出したい心境ではあった。三年以上も捜査にかかっていて、開陳すべき何の成果もないというのでは、どのツラ下げて——という気がする。

約束の日が近づくにつれて、千田の憂鬱はつのるばかりであった。

2

浅見がソアラに朝倉理絵を乗せて北へ向かったのは、一月も末に近い土曜日のことである。

休日は道路が混むので、浅見一人ならなるべく避けたいところなのだが、理絵の勤めの関係で、どうしても都合がつかないというので、この日になった。

三年と三カ月前とはいえ、父親が殺されたという事実は、若い女性にとって、かなり重いはずだ。浅見はそう思って、理絵の傷口に触れないように、その話題はなるべく持ち出さないつもりだった。

理絵のほうも同じ気持ちなのか、事件の話に近づきそうになると、急に黙りこくって、窓の外の風景に見惚《みと》れているふりをした。

多賀城には午後三時前に着いた。仙台宮城インターチェンジで東北自動車道を下りて東へ向かい、仙台市を抜けて行く。

かなりの積雪を覚悟していたのだが、道路にはまったく雪はなかった。山間の窪地や北側の傾斜地などには、深い雪があるけれど、道路脇の平坦な野原にはうっすらと残雪がある程度だった。

「仙台地方に本格的なドカ雪が降るのは、むしろ春先になってからなんです」

理絵が解説した。低気圧が本州の東側を北上するようになるのが春先で、それに寒気が入り込むと、ひと晩に四、五十センチの積雪になるそうだ。東京に大雪が降る条件とよく似ている。

仙台宮城のインターチェンジから仙台へ出るには、かつては作並《さくなみ》街道という、広瀬川沿いの道をクネクネ曲がりながら下りて行ったものだが、いまは青葉山の下を潜る長いトンネルが貫通して、仙台西道路というのが出来た。所要時間はわずか五分ばかりで、いきなり市街地のど真ん中に入る。

あとはほぼそのまま市街を突っ切って、真っ直ぐ東へ東へ、国道45号線——通称仙塩《せんえん》街道を行けば、ものの三十分あまりで多賀城市域に到達する。

それにしても、多賀城市というのは、存在感のとぼしい街であった。国道を走っていると、うっかり通過しても不思議はない。

「あっ、そこ、左へ曲がってください」

理絵が慌てて注意しなければ、ほんとうにそうなるところだった。

国道沿いに、トラック運送のドライバー相手のような、あまり流行っていそうもない飲食店や、タイヤや作業服、雑貨などを扱う店が並ぶ。その脇の道を入ると、店並の裏は空き地ばかりで、市街地とはお世辞にも言えない。よくいえば田園都市、悪くいうと、理絵のせりふではないけれど、ただの田舎町といったところだ。

国道のほうを真っ直ぐ行くと、ここを通過してまもなく、塩釜から松島へと、観光のメッカに入って行く。したがって、多賀城についての知識がない者にとっては、ただの通過地点でしかないわけだ。

「つまらない町でしょう」

理絵はまた申し訳なさそうに言った。

「そんなこと、まだ分かりませんよ。来たばかりじゃないですか」

「でも、多賀城にあるのは、末の松山と国府の遺跡ぐらいなものなんですもの」

「何か有名な観光名所があれば、それでいいっていうものでもないと思うけど」

浅見はまるで自分の故郷を貶《けな》されでもしたように、口を尖《とが》らせて反発した。

「このごろの日本は、なんとか大仏だとか、なんとか観音だとか、デッチ上げたような観光名所ばかりでしょう、何もないことのほうが、むしろ美徳というべきです」

「そうでしょうか……」

理絵は黙った。得心したのか、それとも浅見のいささか独善的な「美徳論」に呆《あき》れたのか、浅見には分からなかった。

仙台と石巻《いしのまき》を結ぶ仙石線の踏み切りを渡ってすぐ、右へ曲がった。その辺りからすでに「末の松山」が見えてくる。ほかに高い建物がないから、岡の上の亭々《ていてい》と天に聳《そび》える二本松は遠くからでも望むことができる。

「そこ、左です」

理絵の指示で、小さな田舎町のなんでもない通りの通路をちょっと入った。

ゆるやかな登り坂にかかったと思ったら、右側に宝国寺という寺があり、その裏手の岡が目的の「末の松山」であった。

周囲は民家の並ぶごくありきたりの住宅街である。ただ、岡の裏には二本松、そのさらに奥には墓地があって、狭い土地に墓石が犇《ひし》めいているのが、少し変わった風景だ。

車を下りると末の松山の由来を書いた案内板や芭蕉の史蹟であることを書いた碑などが立っていた。

「父が死んでいたのは、そこの松の根元だそうです」

理絵は岡に登って、二本の松の中間辺りを指差した。登ったといっても、斜面はなだらかだし、道路からほんの十メートルばかりの距離である。死体を担ぎ上げるのに、それほどの労力は必要としないだろう。

松は樹齢何百年か知らないけれど、高く太い幹にふさわしい、ごつい根っこが、地表を大蛇のようにうねっている。じっと眺めていると、そこに理絵の父親の死体が横たわっていた光景がまざまざと見えてくるような気がする。

「海はどっちですかね？」

浅見は言いながら辺りを見回した。

「あっちのほうです」

理絵が手をかざす、いま通って来たばかりの国道の方角に視線を凝らすのだが、海の色は見えなかった。

「あの倉庫みたいのが建ち並ぶ先のほうに、ほんの少し海面が覗《のぞ》いているはずなんですけど、きょうは霞《かす》んで見えませんね」

理絵は弁解じみて言った。

「昔の海岸線はどの辺だったのかなあ、この辺りからだと、海はきれいに見えていたのでしょうね」

「ええ、割と最近までは、海が広々と見えたのだそうですよ。でも、私が物心ついたころには、すでにいろんな建物が建ってしまって、あまりよく見えなかったような気がしますけどね」

「それにしても、思ったより海が遠いので驚きました。『末の松山浪越さじとは』と詠《うた》っているくらいだから、もっと間近に見えるものとばかり思っていました」

「でも、昔はもっと近かったのじゃないかしら。それに、歌の意味は『松山を越えるはずがない』と言っているのですから、あまり近すぎてもおかしいですよ」

「なるほど、それもそうですね」

浅見は頷いたが、「しかし」と首をひねった。

「その松山を、あなたのお父さんは『白浪、越ゆ』と書いたのでしょう、ますますおかしいことになります」

「そんなこと言われても、困っちゃいますよ。父がどういう意図であれを書いたのか、私にはさっぱり分からないのですから」

「どこかの場所から見ると、海の波が松山を越えるように見えるのじゃないですかねえ。たとえば、多賀城遺跡とか、そういうところから……」

「ああ、それはあり得るかもしれませんね。行ってみましょうか？」

「そうですね」

浅見は時計を気にした。

「刑事さんとの、待ち合わせの約束は大丈夫なのですか?」

「一応、夕方ごろって言いましたけど、でもまだ暗くなるまでには間があります」

多賀城遺跡は車でわずか十分ばかりのところだという。

途中、市役所の脇を通った。まだ落成したばかりの立派な庁舎だ。国府のイメージを意識したような、くすんだ褐色のシックな建物であった。

「父はあの新庁舎ができるのを楽しみにしていたのですけど、地鎮祭にだけ立ち会って、それっきりになりました」

理絵は感慨無量といった面持ちだ。

多賀城跡の少し手前の台地に「多賀城廃寺跡」というのがあった。多賀城とほぼ同時期に建立されたものと推定されるが、多賀城跡と同様、昭和三十六年に本格調査が行われるまで、まったく学術調査の対象にされていなかった。奈良、京都の遺跡は早くから発掘調査などが熱心に行われているのに較べると、ずいぶん遅い。辺境の遺跡は後回しになるものらしい。そんな具合だから、出雲から大量の銅剣が出土したり、吉野ケ里遺跡の発掘などで、新事実が発見され、既定の事実のごとく思われていた学説がひっくり返ってしまうことになる。

ここからも末の松山は見えるかもしれない——という理絵の説で、車を下りて廃寺跡の岡の外れまで行ってみた。樹木の下にはまだ雪がかなり残っていて、土が露出している場所はぬかるんでいる。歩くのに苦労して、どうにかこうにか、台地のはずれまで辿《たど》り着いた。

なるほど、ここからだと、背の高い末の松山の松はよく見えたが、海までは望めそうになかった。ましてや、白浪が松を越える——つまり松の上に海が見える——などということは到底考えられそうになかった。

そこから約一キロ足らずで多賀城跡に着いた。町道の坂を途中で右手に、山道のように細い道に入る。丈の高い疎林《そりん》の下に、簡単な駐車スペースがあった。

そこに車を置いて、疎林を抜けたところに、高さ二メートルほどの、崩れかけた築地塀《ついじ》の残骸のような、赤茶色の盛土が列《つら》なっている。それがまさに、多賀城の外郭にあたる土塁のなれの果てなのであった。

土塁の崩れたような入り口から遺構の中に入ると、広大な政庁跡が広がっていた。

何しろ広い。土塁に囲まれた区域だけでも、幅奥行きともに百メートルはありそうな平坦な段丘が三段つづいて、最下段はゆるやかな、しかし直線的な傾斜をなして麓に向かっている。

最高地点は政庁の建物が建っていた跡で、もちろん建物はないが、一段高い敷地は再現されている。

碑文の解説を読むと、ここの標高はおよそ五十メートルだそうだ。末の松山のある場所はおそらく海抜三十メートル以下だろう。松の高さを入れると、それでも五十メートルにはなりそうだ。

「末の松山はどの辺ですか？」

浅見は訊いたが、理絵にも分からないらしい。

地図を調べると、驚いたことに、多賀城跡と多賀城廃寺跡を結んだ線のほぼ延長上に、末の松山があった。これではここから末の松山を望もうとしても、多賀城廃寺跡の森が視界を妨げている。

「どうもうまくいかないみたいですね」

浅見は諦めて、溜め息をついた。東京を出てくるとき、じつはこの辺に謎がひそんでいるのではないか——と思っていただけに、正直、がっかりした。

3

多賀城署の官舎は市域の東のはずれ近くにあった。戦後間もなく建ったような、粗末な平屋が四つ並んでいる。そこのいちばん奥の家に、千田は妻と二人きりで住んでいるということであった。

夫人は愛想よく、「寒いところをよくおいでくださいました」とお茶とお菓子を出してくれたが、千田部長刑事は浮かない顔で、二人の客を迎えた。

「ほう、ルポライターさんかね」

浅見の肩書のない名刺を受け取り、口頭で説明を聞いて、いくぶん警戒する表情を見せた。

「するとあれですか、この事件のことを何か記事にでもしようと？」

「いえ、そんなことは考えていません。ただ、末の松山の下で亡くなっていたことや、朝倉さんのお父さんの手帳に書いてあったという、『白浪、松山を越ゆ』という言葉に興味を惹《ひ》かれたものですから」

「なるほど、興味半分というわけだすか」

千田はあまりマスコミは好きではないらしく、少し意地の悪い言い方をしている。浅見は苦笑したが、あえて反論はしなかった。

「千田さんはそれについては、どうお考えなのですか？」

「ん？　いや、分かりませんよ」

千田は憮然とした顔になった。

「というと、捜査の過程で『白浪、松山を越ゆ』というのは、ぜんぜん解明されなかったのでしょうか？」

浅見は驚いたように言った。

「まあ、そういうことだす。というより、あまり問題にしなかったと言ったほうがいいのかな」

「なぜですか？　なぜ問題にしなかったのですか？」

「それは捜査主任さんに訊いてもらったほうがいい。自分には分かりません」

「しかし、捜査主任といっても、すでに捜査本部は解散してしまったのでしょう？」

「ですからね、県警の捜査一課さ行って、訊いてもらうしかないわけで」

いかにも投げやりな口調だ。

「でも、千田さんは以前、絶対にこの言葉に何か意味があるに違いないっておっしゃっていたじゃありませんか」

理絵が堪り兼ねたように口を挟んだ。

「ああ、たしかに自分としてはそう思った時期もありますけどね。上のほうがさっぱり認めてくれないものだからして」

「それじゃ、千田さんご自身はいまでも『白浪、松山を越ゆ』については、特別な関心をいだいておられるわけですか？」

浅見は確かめるように訊いた。

「それはまあ……自分は短歌をやっているもんだで、ほかの者とは多少、違った受け取り方をしておりますがね」

「とおっしゃると、具体的には？」

「うーん……」

千田は話すべきかどうか、しばらく考えてから、重い口を開いた。

「被害者——朝倉さんは、何かのわけがあって、白浪が松山を越えるのを見たのではないかと、まあ、そう思ったわけですよ」

「えっ、実際にですか？　譬喩《ひゆ》だとか、想像の世界でなくですか？」

「はあ、まあ、想像しているのは自分のほうだけだもんで、あまり人には言ったことはないですけどね、自分なら見たままましか書かねえもんで、そう思うのかしらないが、どうも、朝倉さんもそういう風景を実際に見たもんで、それで手帳に書き留めたのではないかと……まあ、勘ですかなあ。あの文字を見たときにね、躍るような勢いのある文字であったでしょう。だもんで、これはあり得ない光景を見たもんで、それで嬉しくて、手帳に感動をぶつけるようにして書いたのではないかと思ったのですよ」

いったん話し出すと、千田は勢い込んで喋った。浅見と理絵が思わず背を反らすほどの迫力さえあった。

しかし、ふと気がついて、千田はバツの悪そうな苦笑を浮かべ、黙ってしまった。

「面白いですねえ」

浅見は感にたえぬように言った。

「すごく説得力がありますよ。そうですか、その文字にはそういう迫力があるのですか……僕みたいにワープロばかり叩いている人間にはぜんぜん分かりませんが、さすがベテランの刑事さんは見るところが違いますね」

「いや、なに、そう褒《ほ》められるようなことではないですけどね」

　千田は掌をヒラヒラと振って、照れくさそうに脇を向いた。

「いや、そんなことはないのでしょう。しかし、問題はいったい朝倉さんは、どこでその風景を見たのかですよね。じつは僕と理絵さんは、多賀城廃寺跡と多賀城跡へ行って、はたして白浪が松山を越える風景が見られるものかどうか、調べて来たのです」

「ほう、そりゃ、だめだったでしょう」

　千田はニヤリと笑った。

「ええ、だめでした。そうですか、千田さんも調べたのですね？」

「ああ、さんざん調べましたよ。台風が来て波が高かったりしたら、ひょっとすると越えるかもしれないとか、いろいろ考えましたけどね、やっぱり越えてくれそうもないですなあ」

「そうなんですか……」

　警察は何もしてくれていないわけではなかったのだ――と、理絵はわずかに頭を下げて、感謝の意を表した。

「その日、朝倉さんは有耶無耶の関というところに行ったのだそうですが、そこからは末の松山は見えないでしょうね？」

　浅見は訊いた。

「ははは、そりゃあんた、見えるはずがないですよ」

　千田は大笑いして、地図を持ってきた。有耶無耶の関のある川崎町のページは、もう何度も引っ繰り返して眺めたらしく、手垢《てあか》がついたように汚れが目立つ。

　川崎町は、多賀城市とは仙台を挟んで、ちょうど対角線上の位置にある。交通は東北自動車道の村田ジャンクションで山形自動車道に入って西へ約十一キロ行ったところだ。

「有耶無耶の関というのは、川崎町のいちばん西のはずれ、笹谷《ささや》峠に近いところですからなあ、そんなところから末の松山が見えるはずはないでしょう」

「行ってご覧になったのですか?」

「えっ? 有耶無耶の関にですか? いや、この事件に関しては自分は行っておりませんよ。ほかの若くて元気のいい刑事が大勢で足取り捜査に出向いております。自分は昔に行ったことがあるのです。景色のいいところでしてね、当時、自分は大河原署の刑事課に在籍していましてね。もう十何年になるかな……おい、何年だ?」

千田は隣の部屋で編み物に余念のない夫人に声をかけた。夫人はびっくりして、何の話か?――という目を向けた。

「ほれ、あれだ、有耶無耶の関で事件があってよ、大河原署から出動したことがあったでないか」

「ああ、あれでしたら、十二年前だす。峰子が中学のころだから」夫人はあっさり答え、すぐに編み棒の先に視線を戻した。

「そうか、十二年も昔か。早いもんだな」

千田は感慨無量という顔をしている。

「十二年も前だと、いまはずいぶん様子が変わっているでしょうね」

「そうですな、笹谷峠にトンネルは通ったし、高速道路はできたしな。だけど、山や川の位置までは変わったわけではないですからな。見えるものは見えるし、見えないものは見えないです」

「おっしゃるとおりです」

浅見は頭を下げて、「しかし」と言った。

「その日、朝倉さんが川崎町へ行ったのは事実なのですから、その点を詳しくお調べになったかと思ったのです」

「そりゃもちろん、さっきも言ったように捜査員が足取り捜査には行っておりますよ」

「いえ、千田さんご自身がです」

「自分が？　何のために？」

「川崎町に出向いた刑事さんは、短歌をなさる人なのですか？」

「まさか……」

千田は呆れて、笑うこともしなかった。

「いまどきの若い刑事が、あんた、短歌みたいなものやるわけないでしょうが」

「だったら、やっぱり千田さんが足を運ぶべきだったのです」

「どうして？　自分が行ったところで、同じ結果しか期待できませんよ」

「そんなことはありませんよ。たとえば、朝倉さんはそこで短歌仲間の誰かと会ったとか、それとも、短歌の題材を見つけたとか、そういうことだって考えられますよ。そのことが事件と何か関係があったかもしれないでしょう。そういうのに気づくのは、短歌に造詣《ぞうけい》が深くないと、うっかり見過ごしてしまうのじゃないかと思うのですが」

「短歌が事件と関係があるって、どんな関係があるというんですか？」

「さあ、それは分かりませんが、少なくとも、何も知らない若い刑事さんが足取り捜査に行くより、千田さんが行ったほうが、第六感にピンとくるものがあったのじゃないでしょうか」

「ははは、第六感ねえ、あんた、若いのに似合わず古いことを言いますなあ。いまどき、警察の中でも、そんなことを言うと笑われるんでないかなあ」

「いや、笑いごとじゃありませんよ。現に、朝倉さんの手帳に書かれていた『白浪、松山を越ゆ』の文字に注目したのは、千田さんだけだったのじゃありませんか？」

「まあ、それはそうですけどね」

「そういう、なんていうか、物事にこだわるというのは大切なことだと思うのです。朝倉さんは短歌が好きで、定年後は歌枕を訪ねたりして、短歌ひと筋に生きるのを楽しみにしておられたそうです。事件のときだって、有耶無耶の関という歌枕を訪ね、そして末の松山で亡くなっていたのですから、やっぱり短歌と切っても切れない縁がありそうです」

「うーん……」

千田はルポライターの熱っぽい口調に圧倒されたように、低い唸《うな》り声を発してから、言った。

「しかしねえ、いまさらそう言われたって、どうしようもないでしょうが。足取り捜査に行く人間を選ぶのは捜査主任や刑事課長なんだからねえ」

「だったら、これからでもおやりになったらいかがですか？」

「そりゃだめだよ。捜査本部はとっくの昔に解散してしまったのだし、いくら継続捜査をしているといったって、そんなもの、名ばかりだからなあ」

「千田さんご自身はどうなのですか？」

「えっ、おれ？　いや、自分は自分なりにコツコツやってはいますがね、だけど、自分一人が頑張ってみたって、どうすることもできないでないですか」

「そんなこと分かりません。もし差し支えなければ、僕もお手伝いします」

「うーん……」

千田はまた唸った。唸ったまま、じっと浅見を見つめつづけた。

4

その夜、浅見は仙台のホテルに泊まることになった。多賀城市内の親戚の家に泊まるという理絵を送って、暗くなってからホテルにチェックインした。

仙台のこのところの発展ぶりは目覚ましいものがあるのだそうだ。数年前に来たときと較べると、街はたしかにきれいになった。新しいマンションもあちこちに目立つ。

ホテルの食事も東京で食べるのよりはるかに安く、そして旨い。

食事をしコーヒーを飲みながら、浅見は理絵から借りた問題の手帳を調べた。手帳は四年前のもので、見開きの左ページは一週間分に区分けがしてあり、月日と曜日、それに大安だとか仏滅だとかが印刷されているタイプだ。右ページは白紙、フリースペースでメモに使えるようになっているものだ。

「父には二冊の手帳があって、仕事用のと遊び用のと、はっきり区別して使っていたみたいです」

その「遊び用」の手帳がこれだった。遊びとはいっても、ページはほとんどが短歌関係のことで埋まっている。歌の題材になりそうな景色の感想だとか、思いついた名文句、習作、それに手を加えたもの――等々がところ狭しとばかりに書き込んである。

そうかと思うと、何もなかった週もあるらしく、見開きページの両方ともが白紙のまま、次のページに書き込みが移ってしまった箇所もあったりする。

短歌の完成された形のものは、思ったほど多くは書かれていない。ここでまとめたものを、別の紙に清書する習慣だったのかもしれない。

そういう中にいくつか、一応、体裁の整った短歌があった。

秋立ちて静かなる町彩れる垣根越しなる
百日紅《さるすべり》の花

これなんか、どう見ても上手とは思えない。

「静かなる」「彩れる」「越しなる」という使い方は短歌の世界では許されているのかどうか、首をかしげた。

口許を拭きつつのれんを出でて来し満ち足り
し顔太陽仰ぐ

これも「出でて来し」「満ち足り」という硬い言い方を重ねて使っているのが気になる。

朝倉の短歌は、あまり上手ではなかったみたいだな――と浅見は率直に思った。

歌作りのための小旅行は頻繁にやっていたらしい。理絵の話によると、大抵は自分で車を運転しての、気儘《きまま》な旅で、せいぜい一泊か日帰りが多かったそうだ。

宮城野《みやぎの》、象潟《きさかた》、角館《かくのだて》、月山《がっさん》、最上川《もがみがわ》……等々、

東北地方の有名な観光地だ。その全部を浅見は知っているわけではないけれど、たぶんこのいずれもが歌枕として名高いものだろう。

そして最後に川崎町の有耶無耶の関へ行った。

（そこで何かがあったのだろうか？——）

手帳の左ページの曜日欄は、当然のことながら日曜日から始まる。朝倉が有耶無耶の関へ行ったその日は日曜日であった。左ページの最初の欄には「有耶無耶の関」と行く先の予定が書いてある。

理絵が言ったとおり、独り旅だったらしく、同行者や予定時刻などまったく記録されていない。

そして右のページに、たぶん現地での憶え書きと思われるものが書いてある。

釜房《かまぶさ》潮水豊かなり
紅葉目に目映《まばゆ》く
尾花白く風に光る

などとあり、そしてそのページの最後に躍るような文字で、

白浪、松山を越ゆ

と書かれている。

そういう一連の書き方からすると、「白浪、松山を越ゆ」というのも、ほかのケースと同様、印象的な風景をスケッチしたもののひとつにすぎないように思えてしまう。

しかし、実際にはそんなことはあり得ないのだから、「見たままを描く」という創作の姿勢からははるかに遠いことになる。

あるいは、思いきって穿《うが》った見方をすれば、誰

かが約束を守らなかった——つまり「契り」を反故《ほご》にしたことに対する怒りを、歌枕の表現を借りて「白浪、松山を越ゆ」と書いたとも考えられないことはない。

だとすると、躍るような威勢のいい文字は、千田が言っていたような、思いがけない風景を見た感動ではなく、その怒りをぶつけて書いたためなのかもしれないのだ。

その「白浪、松山を越ゆ」の情景が短歌づくりの題材になったかどうかは分からない。少なくともそのページの中には、歌を作ろうとした気配はない。あるいはその日の記憶を帰宅してから思い出し、歌にするつもりだったのだろうか。

浅見は朝倉が見たであろう風景を想像してみた。白浪が松山を越える風景である。

しかし、目を閉じてその景色を思い描くと、どうしてもマンガチックになってしまう。ＳＦＸの世界である。

ざわめきが近づいてきて、浅見の瞑想は破られた。隣りのテーブルに四人の客が案内されてきて、声高に挨拶を交わしている。

六十歳ぐらいの黒っぽいスーツを着た上品な紳士が中心人物らしく、紳士の脇に立った三十五、六歳の男が、ほかの二人に「窪村先生です」と紹介している。窪村という紳士の顔に、かすかに記憶があったが、浅見はすぐに関心を元の思索に戻した。

千田刑事の話によると、事件直後、足取り捜査のために川崎町へ赴いたのは、若手中心に十数名の捜査員だったそうである。道路沿いに、観光施設、飲食店、ガソリンスタンド等、朝倉の立ち寄りそうな場所を、足にまかせて調べ回ったということだ。

　朝倉が訪れた当日、川崎町では民俗資料館開設八周年記念と銘打った、町の教育委員会主催の講演会が開かれている。町の住民ばかりでなく、観光客や近隣市町村からの聴衆が集まって、なかなかの人出だったそうだ。したがって、朝倉のごく目立たない人柄が、人々の記憶にとどまる可能性は少なかったということかもしれない。

　それでも、朝倉の写真を見て、はっきり記憶していた人物が二人発見できた。

　一人は民俗資料館の女性職員で、朝倉は彼女に資料についての説明を求めたので、記憶に残っていたものである。

　もう一人は川崎町内にある飲食店兼土産物店で、朝倉はそこで山菜そばを食べ、この辺りのことについて、いろいろ聞いたり、世間話のような会話を交わして行ったという。

　もちろん、そのときの朝倉は独りだった。二番目の店の者との会話の中で、誰かと待ち合わせるとかいった気配は感じられなかったそうだ。

　そして、朝倉の消息はその店を最後に、プッツリと途絶え、忽然《こつぜん》として末の松山の死体となって出現することになる。

　その店を朝倉が出た時刻は、午後二時ごろと推定されている。昼食を食べて、しばらく雑談をしたのだから、たぶん出掛けたのはそのころだろう――というのが本当のところで、実際には正確な時刻がそうだったかどうだか、分からないのではないか、と千田は言っていた。

　人間の記憶なんて、ごくいい加減なものだというのである。そんなことを言う割には、警察の取り調べは、被疑者に何年も前の記憶を無理やり思い出させたあげく、証拠として提出したりする。

それにしても、午後二時というのはまあまあ、妥当な時間といえる。朝倉は二時にそこを出て夜の十時ごろに死ぬまで、どこをどう彷徨《さまよ》っていたのだろう？

そして、あの「白浪、松山を越ゆ」と書いたのは、いったいどの時点だったのだろう？

隣のテーブルの会話がしだいに耳障りになってきた。食事と酒が運ばれ、話がはずみだしたらしい。

「山のてっぺんで貝殻の化石が大量に発見されましてね」と紳士が若者のように興奮した口調で喋っている。

浅見は席を立って部屋に引き上げることにした。バスを使い、ベッドに引っ繰り返って、瞑想のつづきに入った。

朝倉は有耶無耶の関を訪ねた旅の途中のどこかで、誰かと会ったことは間違いない事実だ。その誰かが犯人であった可能性はきわめて高い。

浅見は朝倉の手帳を枕元に置いて、朝倉の車が走る光景を空想しながら眠りに落ちた。

5

翌朝、九時ちょうどに、理絵は親戚の車に乗せてもらってやって来た。母親の兄——つまり理絵の伯父は、浅見を理絵の恋人と思い込んでいるらしく、「ふつつかな娘ですが、よろしく頼みます」としきりに頭を下げて帰って行った。

「田舎の人って、勝手に決めてしまうから、困ってしまう」

伯父の車が走り出してしまうのを見送って、理絵は怒ったように言った。

玄関先の駐車場でソアラのエンジンを温めているとき、昨日、レストランで一緒だった紳士の一行が玄関から出てきた。紳士が車に乗るのを、数人の男たちが見送っている。

「どこかで見たことがあるなあ……」

浅見は呟いた。

「ああ、いま車に乗った人でしょう。私もそう思ったんです」理絵も言ったが、結局思い出せないままで終わった。

車が走り出すと、理絵はまたさっきの伯父の勝手な思い込みを弁解して、浅見に不愉快な想いをさせたことを謝った。

「ははは、僕はただ光栄なだけですよ」

浅見は月並みな返事をした。

「そういえば、理絵さんに恋人がいるのかどうか、そういう話をちっとも聞いてませんでしたね」

「そんな人、いません。いないから話さなかったのです」

変わった女性だ——と浅見は思った。美貌の持ち主なのに、恋人の一人もいないというのも妙だが、それを威張ったように言うのもおかしい。

「浅見さんはどうなんですか?」

しっぺ返しのように訊かれて、浅見は余計な話題を持ち出したことを後悔した。

「残念ながら僕もいません」

「ふーん……」

理絵は横目で浅見を見て、「いない同士だと、うまくいくのでしょうか?」と言った。

「ドキッとするような問題提起ですね」

浅見は笑いながら答えたが、内心はほんとうにドキッと動揺していた。もし理絵が本気で迫ってきたらどうなるだろう？――などと考えた。自分の側から「迫る」ほうの図式を頭に浮かべないのだから、男子たるものとしては、なんとも情けない。

しかし、そういう話題が交わされたことで、浅見は急に理絵の存在を重く感じるようになってしまった。何しろこれから行く川崎町は温泉の町である。思わぬハプニングが起きないともかぎらない。

「僕は気が弱い人間だから、この歳になっても、まだそういうチャンスに恵まれないのです」

予防線を張るようなつもりでそう言いながら、（そういうチャンスとはどういうチャンスだ、馬鹿――）と、浅見は自分を罵《のの》っていた。

「私は反対、気が強すぎて、ぜんぜん恵まれないんです」

「ははは、おたがい不幸な星の下に生まれたというわけですか」

恵まれない同士なら、不幸なままで終るだろう――と強調したつもりだ。これでどうやら危機的状態からは脱出できそうだ――と、浅見はひとまずほっとした。

東北自動車道の村田ジャンクションから西へ、山形自動車道に入る。この高速道路はやがて山形県側まで抜ける東北横断自動車道になるのだそうだ。

理絵の父親が行ったころはまだ高速道は建設中で、仙台から国道286号線を走ったはずである。

高速道路上は雪はなかったが、さすがにこの辺りまで来ると左右の平地にもかなりの積雪だ。向かってゆく方角の山々は真っ白に雪をかぶっている。ひときわ巨大な雪山は蔵王《ざおう》連峰だろうか。

「有耶無耶の関までは行けないかもしれませんね」

浅見は周囲の雪景色を見て、言った。

うやむやの関は難所中の難所といわれる笹谷峠を越える旧道にある。いまは笹谷トンネルが出来て、よほど物好きでもないかぎり、車の行かない道だ。もちろん冬季は通行禁止になる。

おまけに、その名前のとおり、関所跡がほんとうはどこなのか、あまりはっきりしていないらしい。

名称も「うやむや」のほかに「くやむや」「いなむや」「むやむや」「もやもや」等々、諸説があって、『義経《ぎけい》記』では「伊奈《いなむ》の関」と書いてある。

平安末期の歌学書『和歌童蒙抄《どうもうしょう》』には、「もののふのいづさいるさにしをりするとやとや鳥のふやふやの関」という歌が収載されていて、「みちのく路の出羽《でわ》の国の方にある関をいふなり（中略）又もやもやの関ともいへり」と記されている。

歌枕としては、要するに不明瞭で悶々とわだかまる心情を託すものだと説明しているのである。

うやむやの関へ行くのをあっさり断念して、浅見はまず、民俗資料館を訪ねることにした。

山形自動車道を川崎インターで出て、国道286号を仙台方面へ向かう。釜房湖の湖岸には「国営みちのく杜《もり》の湖畔《こはん》公園」という、広大な施設があった。つい最近になって、営業が始まったばかりだそうだから、理絵の父親が殺された事件当時には、まだ何もなかったにちがいない。

そのむやみに明るく開放的な「公園」を右に見ながら、ものの三百メートルばかり行くと、道路左手の斜面に、朽ちかけたような藁ぶき屋根の民家風の建物がある。うっかりすると通り過ぎてしまいそうな、目立たない代物で、それが民俗資料館であった。

湖岸のちっぽけな駐車場に車を置いて、浅見と理絵は、資料館への短い坂を登った。庭に立つと、なんだかひどく殺風景な、ごくふつうの古い農家――といったたたずまいだ。それもそのはずで、建物自体は、ダム建設で湖底に沈む運命にあった民家を解体して、この場所に建て替えたものだそうだ。そういうことが掲示板に書いてあった。

日曜日だというのに、訪れる客はチラホラ、折角登ってきても、あまりの殺風景に驚いて、引き返してしまうアベックもいた。

中年の女性職員が一人、入口を入ったところにテーブルを置いて、ひまそうな顔でこっちを見ていた。

浅見は館の中を覗いてみたが、見学のほうは取り止めにした。なにしろ、「資料」といっても、展示してある品物は、むかしの農家ならどこにでもあったような、珍しくもない農具や家庭用品ばかりで、質量ともにお粗末なものであった。

浅見は仕事柄、あちこちでこのテの資料館を見る機会が多いのだけれど、内容はともかく、保存状態がこれほど荒廃しているのは珍しい。

浅見は遠慮がちに女性の職員に近づいて、訊いてみた。

「失礼ですが、三年ほど前に、ある殺人事件の捜査で刑事さんたちがここに来たこと、ご存じですか?」

「ああ、憶えてます、そういえばそういうことがありましたっけ」

「それじゃ、そのとき、あなたはこちらに勤務なさっていたのですか?」

「はい、私と、ほかにも一人か二人、いつもおったですよ。その頃はここも、けっこうお客さんが多かったもんでなす。んだども、いまはだめです。あそこに杜《もり》の湖畔《こはん》公園というのが出来てしまったもんで」

「刑事さんが写真を見せて、質問したと思いますが、あなたもその写真を見ましたか?」

「はい、見ましたよ。それでもって、私がその写真のひと、憶えておったでした」

「えっ、あなたがですか」

浅見が勢い込んで言ったので、女性職員は少し身を引きぎみにした。

「はい、私が憶えておりました。なぜかというと、そのお客さんは私に話しかけてきて、いろいろ世間ばなしまでして、家のことなんかも話してましたで」

「家のこと……というと、どんな?」

「なんでも、娘さんがおって、そろそろ嫁にやんねばなんねえとか言ってたっけなす」

「そうですか……」

浅見は表情を曇らせて、背後の理絵を振り返った。

「その娘さんというのは、このひとですよ」

「えーっ、それだば、このお嬢さんが……」

女性職員は絶句すると、痛ましそうに眉をひそめ、理絵を見つめた。理絵はその視線に向けて、わずかに頭を下げた。

「そのときのことを、また思い出していただきたいのですが」と、浅見は言った。

「たしか、その日は資料館の開設八周年記念の講演会があったのだそうですね」

「はい、そうでした」

「だとすると、彼女のお父さん——朝倉さんとおっしゃるのですが、朝倉さんもその講演会を聴いたのでしょうかねえ?」

「ああ、刑事さんも同じことを訊いてたけど、分かんねえと答えたのでした。なぜかっていうと、その日、開設記念式典はここでやったけんど、講演会の会場はここでなくて、青根の研修センターで行われたもんで、そのひとがそっちさ行ったかどうか、私はそのあとのことは知らねかったのです」

「そうでしたか……」

警察は当然、その研修センターについても聞き込みを行ったにちがいない。その結果、該当するような人物に行き当たらなかったということだろう。


となると、残るは、理絵の父親が最後に目撃されたという、町の飲食店兼土産物店だけが頼みの綱だ。

浅見と理絵は車に戻った。

ソアラが湖岸を離れて、街へ行く道を戻り始めたとき、理絵が「あらっ」と小さく叫んだ。

第三章　本物の「末の松山」

1

　理絵の指先は、民俗資料館でもらったパンフレット類の一枚、『資料館だより』というB５判四ページの広報紙の、一面に出ている写真の上を押さえている。

「この人、あの人じゃないかしら？」

　代名詞だけで疑問を投げかけた。

「どの人が誰ですって？」

　浅見はおかしいのをこらえて、ハンドルを操作しながら、広報紙の写真にチラッと視線を走らせた。

「ほら、あの人ですよ、けさ仙台のホテルで見た初老の紳士」

「ほう、あの人が出ているのですか。いったい何者だったのかな」

「Ｓ大教授窪村孝義氏って書いてありますけど」

「Ｓ大教授ですか……知らないなあ。どこかで見た顔だと思ったのだけれど、勘違いなのかなあ……」

「私もどこかで見たような……でも、Ｓ大学なんて、ぜんぜん関係ないし」

「何の先生ですかね」

「ちょっと待ってください、いま読んでみますから」

　理絵は揺れる車の中で広報紙の記事を読みかけて、すぐに中断した。

「ああ、気持ちが悪くなっちゃった」

背凭《せもた》れに身を委ねて、苦しそうな溜め息をついた。

「あ、そうだ、活字を読むのはやめたほうがいいな、車に強い人でも酔っちゃうことがあるんですよ」

「ええ、知ってたんですけど、つい……」

浅見は車を停め、窓を開けて冷たい風を入れた。

「少しシートを倒すといい」

動くのも大儀そうな理絵の向こう側にあるグリップを操作して、リクライニングシートをゆっくりと倒してやった。むろん意識したわけではないが、そうする姿勢が、まるで理絵を上から抱くような恰好になっている。気がついて、浅見は慌てて身を起こし、元の位置に戻った。

「どうもありがとう」

理絵は目を閉じていたから、浅見の狼狽《ろうばい》に気づかなかったらしい。苦しそうに眉をひそめているけれど、白い顔はいっそう白く、まさに病的なほど美しかった。

冬ざれの道を行く人も車も見えない。理絵の無防備なポーズはあまりにも蠱惑《こわく》的でありすぎる。浅見は妄想を払い除けるように頭を振った。そうしながら、反面自分の優柔不断を呪いたくもあった。

浅見は理絵の手にある広報紙を取って、ハンドルの上に載せて眺めた。

なるほど、理絵の言ったとおり、ホテルで見た老紳士が写った写真が載っている。数人の男女に囲まれて、何か解説でもしているようなところを写したスナップ写真であった。背景の様子からいって、どうやら資料館の外らしい。

写真の説明は「S大教授窪村孝義先生を囲む勉強会」となっている。そして本文の記事は、窪村教授が、三年ぶりに川崎町を訪れ、自らが生みの親である民俗資料館の開設記念行事の一つとして、川崎町文化研修センターで特別講義を行ったと書いてあった。広報紙の発行日は昨日で、窪村教授の来訪は七日前になっている。

「あの資料館の生みの親が、窪村教授だったみたいですよ」

浅見は目を閉じたままの理絵に説明してやった。

「そうだったんですか」

理絵はそれどころではないのか、あまり乗りのよくない返事をした。

「もっとも、建てたのは町の事業でしょうね。窪村氏はそれを指導したということでしょうけどね。だとすると、あの先生は民俗学や考古学の世界では偉い先生なのかもしれませんね」

「あ……」

理絵が瞑《つぶ》っていた目を見開いた。

「そうだわ、もしかすると、市史で見たのかもしれない……」

「シシ？」

浅見は意味が取れなかった。

「ええ、多賀城市の歴史です」

「ああ、その市史ですか」

「考古学で思い出したんですけど、その窪村先生とかいう人の写真、多賀城市史に出ていたのかもしれません」

理絵は倒した背凭れから、なかば身を起こして言った。写真の主を思い出したことで、乗物酔いは消えてしまったらしい。

「シート、直すの、分かりますか？」

浅見は訊いた。理絵は「ええ」と言ったものの、どこをどうすればいいのか、戸惑っている。

「ちょっと失礼」

浅見は右手を伸ばして、理絵の腰の向こうにあるグリップを引き、背凭れを元の位置に戻してやった。今度は理絵の目はまるで非難するように大きく見開かれ、浅見の顔に注がれていた。一瞬、彼女の呼吸が停まったようにも思えた。

「そうですか、市史の編纂委員か何かだったのですか」

浅見はさりげなく、途切れた話のつづきを再開した。

「しかし、僕は多賀城市史を見たわけじゃないですよね。だけど、たしかにどこかで見た記憶があるんだなあ」

首をひねって考えたが、思い出せそうになかった。有名な人物であるなら、新聞か雑誌に写真が載っていたのを、たまたま見たことがあるのかもしれない。

正体が見えないと気になるが、分かってしまうと何ということはないものだ。浅見はふたたび車を走らせて、最後の目的地である飲食店兼土産物店に向かった。

店は表に面した部分はきれいだが、後ろに回るとただの民家で、とっくに故人になった俳優を使った、古い肩こりの湿布薬の広告がいまだに出ているような建物だった。

「ああ、あのお客さんの……」

店のおばさんは事件のことを憶えていた。もっとも、刑事が何度も来て、いろいろ訊かれたのだから、記憶が鮮明だとしても不思議はない。

「そしたらあんたが娘さんかね。まあ、きれいな娘さんだなや。そんでもって、あんたが婿さんですか?」

浅見の顔を見上げて、この果報者が——というように、ニヤリと笑った。

「いや、僕はただの友人ですよ」

浅見はムキになって手を振った。

「それよりおばさん、その朝倉さんですが、こちらのお店で食事をして、そのあと、どこへ行くとか、そういったことは何も言わなかったのですか?」

「はっきりしたことは憶えていないけんど、まあ、この町さ来たら、温泉に入るか、資料館を見るか、お城跡を見るか、青根温泉に行って、青根御殿さ入るか、有耶無耶の関さ行くぐれえしか行くとこはないもんね」

「青根御殿というのは何ですか?」

「詳しいことは知んねけど、青根御殿ちゅうたら、仙台の伊達《だて》様の湯治場みたいなもんでねえすべか」

「そこは川崎町の名所のひとつなのですか」

「んだすな、昔っから有名だったみたいですな。青根温泉さ行けば、まずそこさ上がるのでねえかしら。景色がええし」

「景色がいいのですか?」

「ああ、そこからなば、仙台平野のほうまで見渡せるっていうもんね」

「仙台平野——というと、じゃあ、多賀城のほうまで見えますか?」

「見えるんでねえすべか。私は登ってみたことはねえすけど」

浅見は立って、「行ってみましょう」と理絵に言った。

「千田さんは、有耶無耶の関から末の松山が見えるはずはないと言っていたけど、川崎町のどこからも見えないとは言わなかったのですよ。あの人も青根御殿までは気がつかなかったのかもしれない」

車を走らせながら、浅見ははずむ想いで言った。仙台が見えるのなら、その先にある多賀城や末の松山が見えない道理はない。そこから見た多賀城付近はどうなっているのだろうか……。

ひょっとすると、角度の関係か何かで、白浪が松山を越えそうな光景が望めるのかもしれない。

2

青根温泉は川崎町の中心部から南西の方角へ十キロほど行ったところにある。隣の蔵王町との境界をなす山岳地帯にかかる急斜面に、十軒ほどの旅館、ホテルが点々と建つ、小ぢんまりした温泉郷であった、川崎町の比較的平らな地形から、一挙に駆け上がってきたように標高は高いが、はたして仙台の街が見えるものかどうかは、首をかしげざるを得ない。

温泉街にかかる手前に、展望台があったけれど、そこからでは、奥羽山脈の背骨から伸びている、肋骨のような尾根の一つが邪魔になって、おそらくその向こうにあると思われる仙台の市街地は見えていない。少し霧が出ていて眺望は必ずしもよくないから、断定はできないが、多賀城付近とおぼしき場所も確認できなかった。

しかし、もう少し目の位置が高くなれば、あるいは仙台も多賀城も見えるかもしれないという期待はあった。

目指す「青根御殿」は「湯元不忘閣」という旅館の庭の一角、いちだんと高い場所に建っていた。

湯元不忘閣は創業四五〇年。土産物屋のおばさんが言ったとおり、ここはかつて、伊達一門の湯治場として、慶長年間に開かれたところである。ほかの旅館と較べると、明らかに格式が高く、由緒ありげに見える。

斜面にありながら、敷地はゆったりしているし、庭の手入れもいい。建物は継ぎ足し継ぎ足ししていったらしく、相当な広さがありそうだ。

門を入って玄関の手前で車を止めると、その気配を察したように中年の女性が玄関先に出てきた。紬《つむぎ》の着物姿で、ふっくらとした上品な顔立ちの女性であった。

二人が玄関を入ると、式台の向こうにひざまずいて「いらっしゃいませ」と丁寧にお辞儀をした。

「お泊まりでいらっしゃいますか？」

二人の顔を見比べながら、きれいな標準語で言った。

「いえ、そうじゃないのです」

浅見はちょっと照れながら、とりあえず名前を名乗り、理絵を紹介した。

「じつは、ある事件のことで、お訊きしたいことがあって伺ったのですが」

「え？　事件のこと？……」

女性は困ったように眉をひそめた。

「じつはですね、三年ほど前のことなのですが、こちらの朝倉さんのお父さんが、多賀城で殺されたという事件があったのです」

「ああ、三年前のぶんですか……」

女性は思い出したらしく、ほっとしたように、大きく頷いてみせた。

「その事件のことは、あまり詳しいことは存じませんけれど、刑事さんが訪ねてみえたことはよく憶えております」

「それで、どうだったのですか？」

「どうっておっしゃいますと？」

「刑事は何を訊いていったのですか？」

「それは、その被害者の方がこちらに立ち寄ったことはないかとか、そういったことでしたけれど」

「それでどうだったのでしょうか？」

「はい、ご宿泊の控えを見ましたが、その方がお泊まりになられたという記録はございませんでした」

「あ、いえ、泊まりはしなかったと思いますが、青根御殿に上がって、景色を眺めた可能性があるのです。いかがですか、そういうこともありませんでしたか？」

「ええ、それはたぶんないと思います。御殿のほうには、手前どもにお泊まりいただいたお客様だけに、上がっていただくようになっておりますので」

「そうなのですか……」

浅見はがっかりした。隣の理絵も意気消沈してうつろな目をしている。宿の女性は気の毒そうな顔になった。

「ただし、お泊まりになっていらっしゃる方のお知り合いだとか、研究会のような特別のお客様の場合には、ときにはお上がりいただくこともございますけど」

「それじゃ、この人はどうでしょう、ご覧になった記憶はありませんか？」

浅見は理絵の父親の写真を出して、女性に見せた。

「ああ、このお写真でしたら憶えておりますわ。そのとき刑事さんが持っていらっしゃったのと同じでしょう。でも、そのときもそう申したのですけれど、写真を拝見しても、はっきりしたことは分からないのですよ。何しろ大勢のお客様ですから……」

女性は申し訳なさそうに頭を下げた。浅見は気を取り直して言った。

「ところで、その青根御殿というのからは、仙台平野が一望できるのだそうですね」

「はあ、そうですねえ……どういうわけか、みなさんそうお聞きになって、おいで下さるのですけど、実際には一望というわけにはいきません。高い建物など、ごく一部程度は見ることができますが」

「多賀城のほうは見えるのでしょうか？」

「ええ、松島も見えますから、たぶん見えると思いますけど。あの、もしよろしければ、せっかくお見えになったのですから、お上がりになりませんか？」

「ほんとですか、いいのですか？」

浅見は喜んで、彼女の好意に甘えることにした。

女性は二人のためにスリッパを出してくれた。長い廊下を先に立って歩いてゆくと、擦れ違う仲居や番頭が丁寧にお辞儀をする。女性は鷹揚に会釈するだけだ。どうやら、彼女はこの旅館のおかみさんらしい。

廊下はやがて古い木造の建物に入った。

「これが青根御殿です」

おかみさんは言って、中に入りながら説明を加えた。それによると、現在の建物は一九三二年に再建されたものだが、もともとの建物は四五〇年前に建てられたのだそうだ。

「建物は新しいのですが、山水を配したお庭は、昔の面影をそのまま残しているということでございます」

建物は周囲をガラス戸で囲った廻り廊下にして、ほぼ三六〇度の眺望がきくようになっている。かつてはガラスなどなかっただろうから、いわゆる高楼のような造りだったにちがいない。そこから眺める庭はたしかにみごとなものだ。

縁の丸くなった階段を上がって二階にゆくと、ガラスの向こうに広大なパノラマが広がっていた。しかし、幾重にも重なりあった尾根のかなたは、海からの霧が寄せているのだろうか、ほとんど見通しがきかない。

「晴れていれば、牡鹿《おしか》半島まで見えるのですけれどねえ」

おかみさんは残念そうに言った。

「多賀城はあのあたりかしら」

理絵は霧が濃密に立ち込めるあたりを指差して言った。

「多賀城が見えるのなら、きっと末の松山だって見えるでしょうね」

浅見が言ったとき、おかみさんが「あらっ?」と呟いた。

浅見と理絵は振り返って、「何か?」という目をおかみさんに向けた。

「末の松山のこと、前にもいちど、お客さんがおっしゃってたことがありましたよ」

「へえ、そうなんですか」

「でも、あまりよく分からないとかおっしゃったのじゃないかしら?……そうそう、やっぱりお天気が悪かったのかもしれません」

「それ、誰ですか？」

　理絵が訊いた。むろん父親ではないか——という期待を籠《こ》めて訊いている。

「さあ、どなたでしたかねえ……憶えていませんけど」

「いつごろのことですか？」

「もう、だいぶん昔のことですよ」

「三年ぐらい前じゃありませんか？」

「三年？　いえ、もっと昔の話ですけど……ああ、あなたのお父様のことをおっしゃっているのね。でも違いますよ。そのことを言っていらしたのは、たしか女のお客様でしたもの」

「女のひと……」

　理絵は肩を落とした。

「はい、女の方でした。私は知らなかったのですけれど、なんでも百人一首の中に、多賀城の末の松山とかいうのを詠んだ歌があるのだそうですね」

「ええ、そうですけど、もしかすると、父もここから末の松山を眺めたのかもしれません」

「ここからじゃなさそうですよ」

　浅見は理絵の未練を断ち切るように、少し硬い口調で言った。

「かりに末の松山が見えたとしても、海岸線からの距離はかなりあるはずだし、やっぱり白浪が松山を越えるという状況は想像できないんじゃないですかねえ」

「そうですね」

　理絵もじきに諦めて、窓の向こうのすばらしい風景に背を向けた。

　回廊に囲まれた中央の座敷には、往時をしのぶ遺物が展示されている、伊達家に由緒のある品々ばかりだけに、豪華な調度類も少なくない。

「下のお座敷にもございます」

ひととおり見学を終えると、おかみさんはそう言って案内してくれた。浅見も理絵も、いまはとてもそういう物を鑑賞する気にはなれないのだが、おかみさんのせっかくの好意を無にするわけにもいかず、心ここにあらざる状態で一階の展示品を見て回った。

一階には古い展示品のほかに、この「御殿」を訪れた客の記帳したサインブックが残されていた。

「宮様ご夫妻がお見えになられたことがございますし、ハリウッドの俳優さんもおいでになりました」

おかみさんは何冊もあるサインブックを出して、ところどころを拡げてみせた。一般の客のものはなく、いずれも著名人の名前ばかりらしい。

「あら、これ……」

理絵が浅見の注意を引いた。

「あの先生のがあったわ」

もっとも新しいサインブックに、窪村孝義教授の署名があった。日付は七日前のものである。

「ああ、窪村先生はついこのあいだおみえになりました」

「そうらしいですね、資料館の記念行事で、研修センターで講演をなさったのでしょう」

浅見が言った。

「はいそうです。それじゃ、お客さんは窪村先生のことをご存じでしたか」

「ええ、ちょっとした知り合いです。けさ仙台のホテルで会ったばかりです」

どうやら窪村教授を知っていることが、特別な効力を発揮しそうな気配だ。浅見は要領よく調子を合わせて、おかみさんに取り入ることにした。

「そうでしたか、昨夜のお泊まりは仙台でしたか。そういえば、窪村先生は岩手県のほうへいらっしゃるとかおっしゃってましたけど、松山は見つかったのでしょうかねえ」

「松山？……」

「ええ、岩手県にも松山があるので、それを見に行くのだとかおっしゃってましたけど、そのお話はしなかったのでしょうか？」

「ああ、そういえば、山のてっぺんに貝殻があったっておっしゃったな」

「そうですか、それじゃ、見つかったのでしょうかねえ」

「そうみたいですね」

浅見は話を合わせながら、息苦しくなってきた。おかみさんを騙す罪悪感もあるけれど、それ以外に、何か得体の知れぬ悪寒に襲われたように、思わず体が震えた。

「あ、ここはお寒いでしょう。暖房があまりききませんのでねえ。風邪を引いてはいけません、そろそろあちらへ参りましょうか。お茶を差し上げますので」

おかみさんはどこまでも人が好い。

「いえ、もうこれで充分です。ほんとうに御世話になりました。今度はちゃんとお客として泊めていただきます」

浅見と理絵は丁重に礼を言って、玄関へ出た。靴を履き別れを告げるときになって、浅見はふと思いついて、訊いた。

「そうそう、こちらにお邪魔して、三年前の事件のことについて――とお訊きしたとき、おかみさんはたしか『ああ、三年前のぶんですか』というようなおっしゃり方をしたのですが、あれはどうしてですか？」

「えっ、あら、そんなこと申しましたかしらねえ……それはあれですのよ、もっと昔の事件のことかと思ったものですから、それだといやだなと思いまして」

「ふーん、どうしてそれだとおいやなんですか？」

「だって、その事件は地元で起きた事件ですもの、気味が悪くて……」

おかみさんは思い出すだけでも気色悪そうに、肩をすくめた。

「それもやっぱり殺人事件なのですか？」

「ええそうです。有耶無耶の関の近くで女の人が殺された事件ですけど、いまだに犯人が捕まっていないのだそうです」

「いつごろの事件ですか？」

「もうかれこれ十何年になるのじゃないでしょうか」

「あっ、それ、もしかすると、十二年前じゃありません？」

理絵が横から言った。

「ほら、千田さんが大河原警察署にいらしたとき、殺人事件があったって言ってたじゃないですか」

「ああ、そういえばそんなこと言ってましたね。そうか、その事件のことだったのかもしれないな」

だとすると、千田部長刑事は川崎町が絡んだ二つの殺人事件捜査に関与して、その二つとも、迷宮入りを迎えようとしているわけだ。千田にとって川崎町は鬼門なのかもしれない。

「それはどういう事件だったのですか?」

「どういうって……」

おかみさんは困惑ぎみだ。

「殺されたのは、地元の女性だったのですか?」

「いいえ、よその人ですよ」

「というと、観光客?」

「ええ、よそからおみえになった方で、たしか学校の先生だったような気がしますけど」

「どうして殺されたのかも分からないのですか?」

「さあ、どうでしたかしら、もう古いことですから、すっかり記憶が薄れてしまって……それに、あんまり思い出したくない事件ですものねえ」

「そうですよ、悪いわ」と、理絵もおかみさんの味方をした。

「私の父のことだけでもご迷惑かけているのに、またいやなことを思い出させちゃ失礼ですよ」

「ほほほ、そんなことはございませんけれどねえ」

おかみさんは嬉しそうに笑った。

「でも、詳しいことをお知りになりたいのでしたら、大河原の警察署においでになればよろしいですよ」

「そうですね、そうします」

二人はあらためて礼を述べて、湯元不忘閣を辞去した。

3

車が湯元不忘閣の門を出外れるのを待ちかねたように、理絵はおかしそうに「プッ」と吹き出した。

「浅見さんて、すっごく調子いいんですね。あんな嘘ばっかし言って、悪いわ」

「えっ、嘘？　何の話ですか？」

「だって、窪村教授の知り合いみたいなことを言ってたじゃないですか」

「ああ、あれですか、あれだったら嘘なんかじゃありませんよ。窪村教授を知っていることは事実だし、けさホテルで会ったことだって事実です。あなたも一緒だったじゃないですか」

「だけど、岩手県の山の上で貝殻を見つけたなんて、出鱈目《でたらめ》なことを……」

「とんでもない、あれも事実を言っただけのことですよ。あの先生は、ゆうべ食事をしながら仲間の人たちにそう言っていたのです。僕はたまたま隣の席にいて、そっちの会話を小耳に挟んだにすぎませんけどね」

「ふーん……」

理絵はまだ疑わしそうに浅見の横顔を見てから、訊いた。

「それじゃ、山の上の貝殻って、ほんとうの話なんですか？」

「らしいですね。いや、確かめたわけじゃないですが、あの先生が真面目に喋っていたのだから、まさか口から出まかせということはないと思いますよ。それに、日本列島ができる造山活動の活発な時期には、それまで海底だったところが山の上になった例はいくらでもあるはずです」

「それはそうですけど……」

理絵はいくぶん不満の残る顔で頷きながら、視線を右手に向けて「あら」と言った。

「ここなんだわ、窪村教授が講演した文化研修センターって」

道路から少し入ったところに看板があった。その奥はかなり広い敷地に三階建ての瀟洒《しょうしゃ》な建物がある。ホテルのほか、宿泊施設もありそうだ。坂道は研修センターの敷地を大きく迂回《うかい》しながら下ってゆく。

「じつは朝倉さん、僕はもっと重大なことに気づいたのですよ」

　浅見は少し芝居がかって、声のトーンをぐんと落としてから、言った。

「温元不忘閣のおかみさんは、窪村氏が松山を見つけに岩手県へ行ったたって、そう言っていたでしょう」

「ええ、そういえば、そんなようなことを言ってましたね」

「あれはたぶん、末の松山のことだったと思うのです」

「えっ？　末の松山……それ、どういう意味ですか？」

「これは僕の勝手な想像なんですが、窪村教授が岩手県の松山へ行くと言ったことや、山の上で貝殻が発見されたと言って喜んでいたことを思い合わせると、末の松山というのは、じつはほかにもあるのじゃないかって、そんな気がしてきたのですよ」

「末の松山が多賀城以外の場所にも……ですか？」

　理絵は不満そうだ。自分の故郷の天下に誇るべき名所を貶《けな》されたのが、気に入らないにちがいない。

「僕だってこんなこと、考えてもみませんでしたよ。窪村氏がそう言っていたというので思いついただけですけどね。しかし、そういう言い伝えなんて、あまりあてにならないケースはいくらでもあるじゃないですか。たとえば、小野小町の出生の地だとかお墓だとかは、到る所にあるし、弘法大師ゆかりの松なんていうのもあちこちにありそうですよ。末の松山だって、その時代のものでしょう。誤って伝えられたとしても、不思議はないと思いませんか」

「それはまあ、そう言われれば、反対する絶対的な根拠はありません。松が生えている山なんて、いくらでもありますものね。でも、歌枕になっている末の松山に限っていえば、国府があった多賀城だと考えるのが妥当だと思います。もしほかにあったとしても、そんなの、いんちきに決まってます」

「しかし、本家争いなんて、何にでもつきものですからね。ほかでは多賀城の松をいんちきだなんて言っているかもしれない」

「まあっ、なんてことを……」

理絵は浅見の非礼をなじる目になった。

「あははは、冗談ですよ。しかし、真面目な話、僕はほかにも末の松山があるほうに賭けますね。いや、もちろん本物かどうかは分からないのだから、厳密に言うとその土地の伝説として、末の松山といわれている場所――ということになりますけどね」

「それにしたって、山のてっぺんだなんて、ばかげてます。造山活動の時代に歌枕ができたわけじゃないでしょう」

「ははは、鋭い指摘ですね」

浅見は理絵が本気で憤慨しているのに閉口した。

「いや、もちろん、僕だって岩手の山のてっぺんが歌枕だなんて思いませんよ。ただ、松が生えている山の上に貝殻があったという事実だけを考えると、たしかに松山を浪が越えたことになるのかな――と、そう思ったのです」

「あら、それは違いますよ。かつて波が越えた山に松が生えたというべきだわ」

「参ったなあ……」

浅見は苦笑した。たしかに、論理的には理絵の言うとおりである。しかし、末の松山が一つだけだと考えていたところに、ほかにもあるのでは？――という疑問が生じたことは大きな転機だと思った。

「考えてみると、僕はずっと、末の松山というのは多賀城市にある、あれだけを言うのかと信じ込んでいたのですよねえ」

浅見は反省を籠めて言った。

「私だってそうですよ」

理絵も口を尖《とが》らせて言った。しかし自慢して言うことではないのに気づいて、二人は顔を見合わせて苦笑した。

「念のために、いちど百科事典か何かで、調べてみる必要はありそうです」

理絵は「何をいまさら――」と言いたげだったが、さすがにあえて言葉に出して反対はしなかった。

川崎町を後にして、二人は仙台市に戻り、図書館に入った。

平凡社刊の『世界大百科事典』を繙《ひもと》いて「すえのまつやま」の項を引いて、浅見も理絵も「あっ」と驚いた。

すえのまつやま　末の松山　岩手県北西部、二《にの》戸《へ》郡の一《いちのへ》戸町と二戸市の境をなす浪打《なみうち》峠の林地をいう。

「ありましたよ、やっぱり」

浅見は申し訳なさそうに言った。

理絵は黙って、その先を読んだ。

東北本線一戸駅より三キロ、馬淵《まべち》川に沿う国道より分かれて里道（往昔《おうせき》の陸羽《りくう》街道）を登りつめた地点で、アカマツ林である。一帯には浅海性の貝殻をふくむ粗粒砂の偽層が露出し、波痕が明らかである。しかし古歌にある「末の松山浪越さじ」の地域であるとは地形上考えられない。

「でも、ほら、違うって書いてあるじゃないですか」

理絵は最後の部分を指先で叩くようにして、叫んだ。周囲で静かに読書に勤《いそ》しんでいる人たちが、いっせいにこっちを見るのが分かった。

浅見は首をすくめながら、「ほんとですね」と頷いた。

「しかし、『末の松山』の項目には、この岩手県の末の松山だけしか出ていませんよ」

「ええ、そうですね」

理絵も背を丸め、声をひそめて言った。

まさに驚くべきことに、ここには多賀城の末の松山のことについては、ただのひと言も触れられていないのである。

「どういうことかしら？」

理絵は疑惑を通り越して、不愉快きわまりない――という顔になっていた。

この項の執筆者は「横田幸八」という人である。どういう学者なのか浅見も理絵も知識がないが、それにしても、肝心な多賀城の末の松山には触れないですましているというのは、理絵はもちろん浅見にしたって納得できなかった。

「この人、多賀城のこと知らないんじゃないかしら？」

「まさか」

否定はしたものの、この事典が執筆された時点では、多賀城の「末の松山」は知られていなかったのかもしれない。

大百科事典の奥付は「一九八一年」となっていた。

「つまり昭和五十六年でしょう。多賀城に末の松山があることなんて、もっとずっと前から有名ですよ」

理絵は主張するが、少なくとも浅見はその事実を知らなかったのだから、それほど人口に膾炙《かいしゃ》されていなかった可能性もある。


試みに、岩波書店の『広辞苑』を見た。そこにはこう書いてあった。

すえのまつやま〔末の松山〕宮城県宮城郡多賀城町の付近にあったという山。（歌枕）

現在の多賀城市が「多賀城町」となっているので、奥付を見ると「昭和四十四年第二版発行」とある。平凡社の大百科事典より十年以上も前に発行されたものだ。

図書館の蔵書は概ね古いものが多いから、百科事典が発行されたその時点では、まだ分かっていなくて、その後に改訂されていることも考えられるけれど、それにしても、とっくの昔に国語辞典に載っている事実が記載されていないというのは、ずいぶんおかしな話だ。

しかも、広辞苑のほうには岩手県の「末の松山」は記載されていないのである。ということは、とりもなおさず多賀城の末の松山のほうが、より一般的であり代表的なものだと考えていいだろう。

こうしてみると、百科事典といえども、あまりあてにできない。早い話が、百科事典で「末の松山」の解説を読んだ人は、ずっと、末の松山は岩手県に存在すると思い込んでいるにちがいないのだ。

「まあ、真偽のほどはともかくとして、末の松山に異説があることだけは確かみたいですね」

浅見が出した結論を、理絵もしぶしぶ認めた。

「もし、あなたのお父さんがそのことを知ったとしたら、そこを確かめに行かれたのではないでしょうか」

「確かめに行くって、岩手県の末の松山をですか？」

「ええそうです。そこまでどのくらいの距離なのか知りませんが、もしそうだとすると、事件の日にお父さんが多賀城に戻られたのが夜遅くだったことも、説明がつくかもしれませんよ」

二人は車に戻ってドライブマップを拡げてみた。岩手県の「末の松山」がある「浪打峠」というのは、八戸自動車道の一戸インターチェンジの北一キロばかりのところにあった。

川崎町からだとおよそ三百キロはある。しかも、事件当時はまだ八戸自動車道は完成していないはずだから、そこを往復するとなると、十時間近くはかかりそうだ。

朝倉義昭が川崎町で最後に確認されたのは、例の食堂兼土産物店である。時刻は午後二時ごろだったそうだ。そこでのんびり昼食をとって、それから岩手県まで、十時間ものドライブに出掛けるというのは、ちょっと考えにくい。

かりに岩手県にも「末の松山」があることを知って、喜び勇んだとしても、何もその日のうちに急いで行くことはない。翌週の休みにでも行けばいいことだ。

「これは違うみたいですね」

せっかくの思いつきだったけれど、浅見はあっさり諦めた。そういうのにいつまでも固執しないのが、浅見の性格といっていい。

4

仙台名物のケヤキ並木を見下ろすしゃれたレストランで、すっかり遅くなってしまった昼食をしたためた。

「結局、父の足取りは分からなかったのですね」

理絵はフォークを持つ手もけだるそうに、疲れた声を出した。

「考えてみると、警察でさえ辿れなかったのですもの、素人の私たちがいくら頑張ったって、所詮は無理なことなんだわ」

「そんなことはない」

浅見はきっぱりした口調で言った。

「現に、僕たちは川崎町から末の松山が見えることを確認したじゃないですか。それだけだって、千田さんより進んでいます」

「でも、それも無駄みたいなものでしょう。青根御殿から末の松山が見えたところで、べつに浪が松山を越えるわけじゃないし」

「しかし、末の松山がほかにもあるという事実も勉強できましたよ」

「それはそうですけど、父の事件とは無関係です。せっかく、浅見さんに来ていただいたけれど、何も分からないまま、私たちの捜査は終了したっていうわけですよね」

「驚いたなあ……」

浅見はむしろ感嘆したように言った。

「あなたはずいぶん諦めがいい人ですね。僕はまだ疑問がいっぱいで、不謹慎な言い方をすれば、興味津々というところです」

「…………」

「だってそうでしょう。何も解明されていないというのは、謎《なぞ》解きの対象が山積していることを意味するのだから、楽しみじゃないですか。ほら、週刊誌なんかによく『七つのエラー』なんていうのがあるでしょう。まさにあれと同じですよ。警察がどこでエラーをしているのか、アラ探しをするのが面白くないわけがありません」

「浅見さんて……」と、理絵はいよいよ疲れたように言った。

「ほんと、おかしなひとなんですね」

「そうかなあ、おかしいかなあ？」

「おかしいですよ、わざわざ苦労するみたいなことを、楽しんだり面白がったりしているのですもの」

「だって、簡単に解けてしまうなぞなぞなんて、面白くもなんともないでしょう。難しければ難しいほど挑戦したくなるし、謎を解いたときの喜びだって大きいわけです」

浅見はいまにも皿を叩きだしそうなほど、満面で悦びを表現していた。

「それで浅見さん、これからどうするつもりですか？」

　理絵は浅見の毒気に当てられたように、上目使いに訊いた。

「そうですね、やることはいっぱいありますよ。そうだな、まず千田さんに会って、十二年前の事件のことを、詳しく聞いてみることにしますよ」

「十二年前っていうと、川崎町で女の人が殺された事件のことですか？」

「そうです」

「その事件と父の事件と、どういう関係があるんですか？」

「知りませんよ、そんなこと」

　浅見は呆れた顔で、理絵を見た。もっとも、呆れ顔は理絵も同じだ。

「でも、だったら、どうしてそんな古い事件のことを聞いたりするのですか？」

「そりゃ……そう、どちらも迷宮入りしそうだというところに共通点がありますからね。しかも、両方とも千田さんが関与しているというのも、何やら因縁めいて、面白そうじゃありませんか」

「また面白そう——ですか。浅見さんて、どこまでが本気で、どこまでが面白半分なのか分かりませんね」

「そんな軽蔑したような目をしないでくださいよ。僕だって犯人を憎む気持ちはありますよ。しかし、それ以上に、事件の謎を解くことへの、胸がときめくような想いというのもあるのです。そうだなあ、事件に恋をするって言ったら、キザッぽいですかね。だけど、それはほんとうですよ。だから事件の謎が深くて、神秘的であればあるほど魅力を感じちゃうのです。そのヴェールが一枚一枚剝《は》がされていって、やがて事件の素顔が見えてくる……そのときの感動はたとえようのないものです。

ね、分かるでしょう」

理絵は（分かるような気がする――）と思う反面、浅見という少しひねた青年に、得体の知れぬ不気味さも感じないわけにいかなかった。

いい歳をして、いつまでも事件の謎解きに胸をときめかしていていいのかしら？――という、素朴な疑問も抱いた。

「何か、メリットがあるのですか？」

「メリット？」

「ええ、警察がやるべきことに、民間人である浅見さんが手を出して、それで何かいいことでもあるんですか？　たとえば、事件捜査のことを書いて、本にするとか」

「ああ、つまりお金儲けのことですか……なるほど、残念ながらそういう意味でのメリットはありませんね。僕の事件簿を勝手に利用して、小説に仕立てては、儲けている作家はいますけどね」

「そうなんですか……」

理絵は浅見が気の毒なような気がしてきた。そんなことをやっていて、結婚はどうするの――と訊いてみたかった。

「こんな状態だから、嫁さんの来てがないのですよ」

浅見は理絵の内面を覗き込んだように言って、理絵を狼狽させた。（もしかすると、この人、読心術を心得ているのじゃないかしら――）とさえ理絵は思った。

レストランを出て、二人は多賀城へ向かった。浅見はとりあえず千田部長刑事に会って、十二年前の「事件」の内容を聞くつもりだ。理絵は多賀城市史の執筆者に窪村教授の写真があるかどうか、確かめたいという。

先に市の図書館に寄って市史を調べた。しかし窪村は市史の編纂には関係していなかった。第一、編纂委員の顔写真など、どこにも出ていないのだ。

「だけど、どこかで見たような気がするんですよねえ。ここまで出かかっているのに、それが分からないんです」

理絵は喉元《のど》を叩いて、じれったそうに言った。それは浅見も同じ気持ちだった。たしかにどこかで見たような記憶があるのに、どうしても思い出せない。

「そのうちに思い出しますよ。市史の編纂委員でなかったことが分かっただけでもいいじゃないですか」

浅見は自分をも慰めるように、理絵に向けて言った。

多賀城署の千田部長刑事は、浮かぬ顔で二人を迎えた。千田の胸中では、素人に何が出来るか──というのと、ダシ抜かれはしまいか──という警戒心が錯綜しているにちがいない。

「どうでしたか？　何か収穫でもあったですか？」

「あったような無いような……」

浅見は苦笑して、川崎町での出来事を話して聞かせた。青根温泉から多賀城が見えそうだったという部分では、千田は「負けた」という顔をしたし、それ以外にはめぼしい収穫がなかったことには、「それ見たことか」といわんばかりだった。

「ところで、十二年前の川崎町の事件というのは、女性が殺された事件だったのだそうですね」

浅見は言った。

「ほう、その事件のことも聞いてきたのですか」

千田はあまり愉快そうではなかったが、遠くを見た目は、明らかにその事件のことに思いを馳《は》せている。

「そうです、女性が殺されたのでした」

「その事件のこと、詳しく教えていただけませんか」

「ふーん……それを聞いて、どうしようっていうのです?」

千田は浅見の顔を怪訝《けげん》そうに見つめた。

「べつにどうっていうことはないのですが、何となく……」

「何となく、何ですか?」

「こんなこと言うと笑われそうですが、何となく、その事件と朝倉さんの事件とのあいだに、繋《つな》がりがありそうな気がするのです」

「繋がりが? 二つの事件にですか? まさか……」

千田は口を大きく開けて、笑い出しそうにして、その顔のまま眉をしかめた。

「関係があるわけないでしょう。どこからそんな発想が生まれるのです?」

「それを訊かれると困るのです。根拠なんか何もないのですから。しいて言えば、どちらも迷宮入りみたいなことになっているという点だけでしょうか」

「冗談じゃないですよ」

千田は周囲を気にしながら、小声で文句をつけた。

「迷宮入りなんかしていないです。あっちの事件はともかく、こっちの、朝倉さんの事件はまだ三年ちょっとしか経っていないのですからな。妙なことは言わないでいただきたいもんだ」

「あ、すみません、お気を悪くしないでください。

しかし、客観的に言って、捜査が行き詰まっている事実は否定出来ないのではありませんか?」

「そんなこと……」

千田は息をのんだものの、それを言葉にして出しはしなかった。顔を真っ赤にして、視線を浅見から外した。

「千田さんには笑われたのですが」と、浅見はおそるおそる言い出した。

「僕は第六感というのを信じる人間なのです。それで、今日、川崎町へ行ってみて、十二年前の殺人事件の話を聞いた瞬間、胸の奥にズキリとくるものを感じました。何だか分かりませんが、殺された女性の怨念みたいなものが、僕に呼びかけているんじゃないかとか、そんなことも思ったりするのです」

千田も理絵も、ギョッとした目で浅見の顔を見つめた。この男、アブナイ人種じゃないのか――という目であった。

「こんなことを言うと、頭がおかしいんじゃないかって思うでしょうね」

浅見はニヤニヤ笑いながら頭を掻《か》いた。

「僕としても、怨念だなんて言わないで、天才的な閃《ひらめ》きだとでも言えばかっこいいのかもしれませんが、そんなこと、自分の口からは言えませんよね」

言えない――と言いながら、ちゃんと言っている。それに気がついて、しばらく経ってから千田が笑い出した。

「ははは、なるほど、そういうことですか。天才的な閃きねえ……ははは、よく言いますなあ」

千田は常識的なレベルまで話の内容を引き下げたことで、ほっとした様子だが、浅見としては、じつは「怨念」のほうが実感があると思っていた。そうとでも思わないと、自分の着想のよってきたるところが説明できないような気がするのである。

「分かりました、そしたらその事件のこと、話して上げましょうかな」

千田は重い腰を持ち上げるように、十二年前の殺人事件を話しだした。

第四章　教授とその弟子

1

　川崎町の「女教師殺人事件」は、いまから十二年前の夏に起きている。

「その年は梅雨が長くて、夏がむやみに暑かったねえ」

　千田はそう言って、しばらく言葉を止め、遠くを見つめる目になった。

「学校が夏休みに入って、まもなくだったかなあ。うちの娘が友達と海水浴さ行くってバタバタしておったのを憶えておりますよ。私は大河原署に勤めておって、巡査部長に昇進したばかしだったもんで、張り切っていたころだなや」

　事件は若い女性の行方不明騒ぎから始まった。

　千田が持ち出してきたファイルブックに、当時の捜査の記録が残されていた。それによると、女性は名前を「野森恒子」といい、東京都文京区に住んでいる二十六歳、未婚の中学校教員だった。

　野森恒子は五日前、夏休みに入った次の日に東京を発ち、東北地方の歌枕を訪ねる、いわば「奥の細道」の旅を始めたばかりであった。

　――旅行のことは春ごろから計画して、楽しみにしていました――と、後になって恒子の母親は述懐している。

　恒子の「奥の細道紀行」は栃木県の那須《なす》からスタートした。ファイルブックには那須での彼女の足取りを捜査した際に、千田が収集した観光パンフレットなどまでが貼付《ちょうふ》してあった。

浅見も理絵も知らなかったことだが、那須には芭蕉の句碑が建っている。芭蕉は「いしの香やなつ草あかく露あつし」など、いくつかの句をここで詠んだ。

恒子から東京の自宅に届いた最初のはがきには、次の句が書いてあったそうだ。

焼け果てた殺生石《せっしょうせき》やカラス舞う

千田のファイルの中には、その句をはじめ、野森恒子が残した俳句がいくつかメモってあった。

「いい句なのかどうか、私は俳句のほうはあまりやらねえもんで、分からないが、これなんか、殺生石の荒涼とした風景が目に浮かぶような気がするねえ」

千田は懐かしそうにその句を眺めていた。浅見も批評などできないが、二十六歳の女性の句としては、鮮烈な印象をあざやかにうたいあげているような気がした。

福島県白河《しらかわ》の関では、近くに宿を取って泊まったらしい。翌日の絵はがきには、旅館で会った女子大生の三人グループと意気投合したと書いてあったそうだ。

こうして、「勿来《なこそ》の関」のいわき市、「信夫《しのぶ》」の福島市と、歌枕を訪ねながら北上し、五日目に川崎町に着いたらしい。そこの郵便局の消印のあるはがきが自宅と友人宛に送られている。友人に宛てたはがきには、次のような文章があった。

今日、有耶無耶の関にやって来ました。独り旅をしていると、思わぬ知己ができたりして、自分の世界が広がります。私と同じように歌枕を訪ねる旅の人は結構多いのです。

明日は末の松山へ向かいます。

うやむやの関を守るや鬼人草

「思わぬ知己」が誰なのか、事件に関係のある人物なのかは、ついに分からなかったということだ。いずれにしても、このはがきを最後にして、野森恒子の消息は途絶えることになる。

「ちょっと待ってくださいよ」

浅見はふと気がついて、訊いた。

「奥の細道の中に、有耶無耶の関も入っているのですか？」

「さあねえ、私は知らないが……」

千田は理絵の顔を見た。理絵も首を横に振った。

「まあ、奥の細道には関係なくても、温泉があるので、そこさ泊まるつもりだったのではないかな」

千田は結論めいて、そう言った。家族の話でも、恒子の旅はかなり行き当たりばったりのものだったそうである。若い女の独り旅を心配しないわけもないが、大学時代から慣れっこになっていたので、両親は引き止めることをしなかったという。

「いやあ、そん時は、若い女が独りで旅をして、困ったもんだなんて話したもんだっけが、このごろはあれだ、うちの娘が同じくらいの歳になってみると、友達の中には、独りで北海道さ出掛けたりするのが珍しくないそうだもんな。なあ、おめえよ」

千田が隣の部屋の妻に声をかけると、妻も「んだ、んだ」と、面白くなさそうに頷いている。

野森恒子の家では、毎晩、必ず電話してくる娘から、三日間も連絡がないので、何かあったのではないかと心配したあげく、両親が警察に届け出た。千田はメモを見るまでもなく、当時の状況ははっきり記憶していた。

「それでもって、大河原署のほうで、情報を収集していたところ、二日後、有耶無耶の関の近くの山の中で、死体が発見されたというわけです」

発見者は、その日、仙台市から仲間五人でキャンプに来ていた大学生だ。もちろん被害者と面識などはない。

発見時、死後数日を経過しているものと見られ、死体はすでに腐乱状態にあった。死因は絞殺による窒息死と判定された。鈍器様の物で後頭部を殴《なぐ》った形跡があるので、あるいは失神しているところを、首を絞めて殺したのかもしれない。

「死体や現場の状況から見て、犯行現場は付近のべつの場所と考えられたです。犯人は暴行目的で被害者を襲い、騒がれたために殴って失神させ、さらに絞殺し、死体を運んで現場に遺棄したものでしょう」

千田は事務的な口調で記録の文章を紹介したが、「暴行」の部分では、理絵は顔を赤らめた。

「先頃、比叡山《ひえいざん》で、やはり二十五歳の独り歩きの女性が殺される事件がありましたなあ。さっきも言ったけど、近頃の女性は強くなったというのか、平気で独り旅をするが、われわれ警察の目から見ると、きわめて危険で、見てはおれねえですな。そりゃまあ、浅見さんみたいな頼もしい紳士がついていれば、安心でしょうがね」

冷やかすような目でジロリと見られて、今度は浅見が真っ赤になった。

「だとすると、警察は行きずりの犯行というように判断したのですね？」

浅見は狼狽《ろうばい》を隠すために、早口で質問をした。

「そうです。いや、それしか考えられませんからな。犯人が一人か複数かはともかく、暴行目的の犯行であることははっきりしているし、手口から見ても、計画的な犯行である可能性は少ないのでした」

「顔見知りの犯行である可能性はどうだったのでしょうか？　野森さんのはがきにも、そういう旅をしていると、思わぬ知己ができる——というようなことが書いてあるじゃありませんか」

「うーん……」

千田は天井を向いて、記憶を探っていたが、諦めて「はっきり憶えていませんが」と前置きをして、言った。

「顔見知りの犯行というセンは出なかったと思いますよ。たとえ顔見知りでも、計画性のある犯行でないことは確かです。たまたま現地で行き会って、その挙句——という状況であれば、行きずりの犯行とさほど変わりはないのとちがいますか」

浅見は川崎町の風景を思い浮かべた。あの平和そのもののような田舎町で、独り旅を楽しむ女性が、突然の死に襲われた。その瞬間の彼女の驚き、恐怖、絶望——。

「その野森さんは、毎年のことだし、そういう独り旅には慣れていたのじゃないですかねえ。おそらく、いろいろな危険だって予測していただろうし、見知らぬ男性の誘いに乗るような軽率なことはしなかったはずです。また、そういう危険があるような場所にも、独りでは行かなかったと思うのですが」

「ああ、それは遺族の方も言ってました。恒子は用心深い性格だから、ある程度安心している部分があったというのです」

「それにもかかわらず、事件に巻き込まれたのですか……」

浅見は首をひねって、理絵に訊いた。

「朝倉さんならどうですか、独り旅をしていて、そういう危険な状態になるかどうか」

「ならないと思います」

理絵ははっきり断言した。

「もっと若くて、しかも独りでなく三人とか四人とかのグループだったら、かえって男性に気持ちを許すことはあるかもしれないけれど、独りだったらすっごく警戒しますもの。比叡山の事件みたいなのは、殺された方にはお気の毒ですけど、軽率だとしか言いようがありませんよね」

「しかし、現実には、こっちの事件も、すぐ近くの川崎町で起こった出来事ですよ」

浅見は少し皮肉を籠《こ》めて、言った。

「ええ、だから、私には顔見知りの人の犯行じゃないかなって、そう思えますけど。ほんとに違うのですか?」

「警察は違うと判断しました」

千田は憮然とした顔になった。

「遺留品とか、何か手掛りになるようなものはなかったのでしょうか?」

浅見は訊いた。

「これといったものはなかったです。ただ、犯人の血液型がA型だったことと、それから、これは犯人のものかどうかは分からないのだが、被害者のバッグから指紋が一つだけ採取されています」

「えっ、指紋があるのですか？」

「そうです、それもきわめて幸運に残ったと考えられる指紋です。犯人はバッグを被害者の脇に置いて立ち去ったのだが、その際、かなり丁寧に指紋を拭い取っていると考えられるのですな。ところが、掛け金の内側の部分に、拭き忘れの指紋がたった一つだけ残っていたのです。ただしその指紋は被害者のものではないことが判明しているだけで、犯人のものとは限りませんがね」

「その指紋の持ち主に犯歴はなかったのですね」

「ああ、残念ながら、警察庁のコンピュータには記録されていなかったようです」

結局、その事件は、遺留品捜索や目撃者探しなど、大規模な捜査活動によっても手掛りは得られなかった。

「だとすると、すでに十二年を経過したいまとなっては、ほとんど迷宮入りが確定したといっていい状況ですね」

浅見が言うと、千田はムキになって反論した。

「いや、まだ時効までは三年以上ある」

しかし気負って言った割には、さすがに虚しさは否定できなかった。

「どっちにしても、やっぱり、その事件と父の事件とでは、結びつきそうな感じはしませんね」

理絵も肩を落として、力なく言った。

「そんなことありませんよ」

浅見は無理に笑顔を作った。

「お父さんも野森恒子さんも、歌枕を訪ね歩く趣味があったことと、川崎町や有耶無耶の関を訪れていたという点では、ちゃんと共通した部分があるじゃないですか」

「でも、そんなの、事件解明にはぜんぜん役に立たないのでしょう」

「さあ、それはどうかなあ、たとえば凶悪な犯人がいて、彼もまた歌枕に興味をいだく人間だったとしたら、二人には共通した接点があることになりますよ」

「そんなの、無理なこじつけだわ」

理絵は元気なく笑った。

「そうかなあ、単なるこじつけだとは思えませんけどね」

浅見はそう言ったが、説得力のある説明ができるわけでもなかった。ただ、浅見の直感が、わずかに彼の信念を支えている。それに、川崎町の資料館か青根温泉か、それともあのお土産物屋かどこかで、野森垣子と理絵の父親が同じ土を踏んだであろうことは事実なのだ。

二人には接点がある。ただ、およそ八年間という時間的なズレがあるにはあるけれど——。

その事実があるだけでも、浅見は理絵のように、二つの事件に関連がないなどとは、とても思い切れるものではなかった。

2

千田の家を辞去し、理絵を伯父の家に届けると、浅見はふたたび仙台のホテルに戻った。すでに夕暮れが近づいていた。

ホテルに入ると、条件反射のように、あの窪村孝義の顔が脳裏に浮かんだ。相変わらず、どこかで見たような記憶があり、さりとて思い出すよすがもない。

あの窪村もまた「末の松山」に興味を抱く一人であるらしいことが、彼への関心を掻《か》き立てているるのかもしれない。

　浅見は今度また窪村に出会うようなことがあったら、末の松山のことを聞いてみたいと思った。

「たしかけさまで、窪村先生が泊まっていましたね」

　浅見は、部屋のキーを貰《もら》いながら、フロントで尋ねてみた。

「はい、お泊まりいただきました」

「こちらにはよく泊まられるのですか？」

「はい、週に二度ほど、お泊まりいただいております」

「週に二度……というと、飛び飛びに、ですか？」

「はあ、大学の講義がある日には、お泊まりになるようで」

「ああ、仙台の大学にも講座を持っていらっしゃるのですか？」

「はい、そのようです」

「そうすると、今度はいつごろいらっしゃるのかな？」

「本日もお泊まりですが」

　フロント係はチラッと部屋の利用リストに視線を送ってから、言った。

「そうですか……じゃあ、うまくするとお目に掛かれるかもしれないな」

　浅見は礼を言ってフロントを離れると、いったん部屋に入ってから街に出た。書店を探して、末の松山に関する資料を仕入れるつもりだ。

　仙台の街は年ごとにきれいになる。マンションブームのせいもあるのだろうけれど、古い汚れた家が少なくなった。一番丁、二番丁といった繁華街の通りも商店も、装いがますます洗練されてきた。街を歩いていて、かつての東京の銀ブラのような、楽しい気分に浸れる街だ。

『末の松山』そのものについての書物は発見できなかったが、歌枕に関する本が見付かった。集英社刊『大歳時記』の中の「歌枕・俳枕」の巻がそれである。

その中に『末の松山』の項目があった。それを読んで、浅見は唖然とした。なんと、『末の松山』と伝承されている場所は、四カ所もあるというのだ。

『古今集』の陸奥歌《みちのくうた》にうたわれた末の松山は、『重之集《しげゆきしゅう》』に出てくる末の松山や、筑紫《つくし》の僧宗久の『都のつと』に書かれた末の松山、および芭蕉の訪れた末の松山などと同一のものと考えることは不可能――

概略、そう書いてある。

ただし、そのうちもっとも確度の高いのは、やはり多賀城市にあるもので、「古来伝承の条件をよく備えた位置である」と述べている。ほかの三カ所についての具体的な説明はなかったが、浅見にとって問題はむしろ残りの三カ所だ。その一つは平凡社『世界大百科事典』にあった岩手県二戸市のものだとして、さらにあと二つあることになる。

『大歳時記』は九千八百円という代物だったので、浅見は立ち読みした。棚の上のほうにあったのを、店の女性に頼んで取ってもらっただけに、手ぶらで退散するのは気の毒なような気がした。

浅見はふと思いついて、女性に「窪村孝義氏の著作は何があるか、調べていただけませんか」と頼んでみた。

「ああ、窪村さんのだったら、つい最近出た評論集が来ていますよ」

女性は答えて、すぐに新刊本を出してくれた。

「F大学の副読本に使うのだそうで、大学内にあるうちの売店に入れたばかりです」

なるほど、そういう仕組みか——と浅見は納得した。窪村はF大学の講座を引き受ける代わりに、自著の評論集を学生に売りつけたわけだ。

『みちのく文学の歴史と変貌』

これが窪村孝義の評論集のタイトルであった。その第二章に『歌枕の成立と意味』というのがあった。本の値段は二千六百円。

「これ、ください」

浅見は一万円札を出した。

釣り銭をもらい、ポケットにねじこもうとしたとき、浅見はふと五千円札の図柄に視線を止めた。

(似ている——)と思った。

五千円札の肖像画は新渡戸稲造である。その顔がなんと、窪村孝義の顔とそっくりなのであった。七三に分けた髪、薄い口髭《くちひげ》。新渡戸博士の丸縁眼鏡を、窪村教授のフランス製のものに換えれば、これはもう見分けがつきそうにない。

「あは……」

浅見は思わずレジの女性の前で笑いかけて、慌てて店を出た。

ショーウインドウの明かりでもう一度確かめて、今度は心置きなく笑った。道行く人が二人、こっちを振り返って、気味の悪そうな顔をして行った。

どこかで見たような——と思ったのは、新渡戸稲造博士の肖像画を記憶していたからに間違いなかった。五千円札など、珍しくもないようだけれど、実際にこんなふうにしげしげと肖像画を眺める機会など、滅多にあるものではない。

あれほど気にかかってならなかったことだが、こうして正体が割れてみると、いかにもばかげていた。幽霊の正体見たり――のクチである。

浅見は急いでホテルに戻って、窪村の評論を繙《ひもと》いた。

『歌枕の成立と意味』はなかなか堂々たる論文であった。歌枕が成立する過程を王朝文学の歴史の一環としてとらえ、歌枕が単なる「歌に詠まれた土地」ということではないという、根本的な意義を分かり易く、しかし科学的に解説している。

全体が興味の対象になるものではあったけれど、浅見は肝心な「末の松山」の部分だけを洗い出すことにした。

窪村の論文の中で、「末の松山」についてはもっとも大きなスペースを割いている。やはり東北を意識に置いた論文であることの証明といっていいだろう。

長い論文の中から「みちのくには末の松山が四カ所もある」という文章を探し当てたときは、浅見は思わずバンザイを叫んだ。

四つの「末の松山」が生じた原因として、窪村は次のように書いている。

――江戸時代、東北地方の各藩は競って「みちのくの――」とある領内の名所（歌枕）を調査させ、探索させた。それはかなり意図的ないし恣意《しい》的に行われた可能性がある。そのために「みちのく」には「末の松山」が四カ所も生まれるという、珍現象が発生したのである。

その一は「いわき市説」である。

こんなふうに、四つの「末の松山説」を紹介し、それぞれについて、その説が成立した過程、背景、意味などを古今にわたって解説している。

第二の「末の松山」は宮城県桃生《ものう》郡須江《すえ》。

第三の「末の松山」は岩手県二戸市。

そして第四の「末の松山」が多賀城市八幡《はちまん》のものだという。

一番目の「いわき」説は、磐城《いわき》藩主であった内藤氏の文化政策によるもので、磐城領内には「末の松山」のほか、「野田《のだ》の玉川《たまがわ》」「緒絶《おだ》えの橋」といった名所も整備されていたのだそうだ。

もっとも、浅見には野田の玉川も緒絶えの橋も、何のことやら分からなかったけれど。

二番目の「須江」説は単純で、「すえの松山」の語源的な要素からきているというだけのものらしい。

三番目の岩手県二戸市の場合は、南部領内に「野田の玉川」「壺《つぼ》のいしぶみ」などの名所を定着させた南部藩の文化政策によるものであり、明治天皇の行幸の折、この付近で「末の松山はいずこか？」とご下問があったことで、浪打峠の「末の松山」が既定の事実のように喧伝《けんでん》されたものだという。

しかし、窪村はこれら第一から第三の説をすべて否定し、結局、多賀城市八幡にあるものがもっとも正しい「末の松山」であると断定している。

これでは、多賀城市民はもちろん、宮城県民はさぞかし喜んだにちがいない。仙台の大学に講座が開設されたのも、そういう功績を買ってのことだったのかもしれない。

浅見は理絵の伯父の家に電話を入れた。

「あ、浅見さん」と、理絵は嬉しそうな声を出した。

浅見はまず、五千円札の新渡戸博士の肖像画の話をした。理絵も「ああ、そういえば」と言って、ひとしきり笑った。

「ところで、もっと面白い発見があるのですよ」

浅見は「末の松山」がじつは四カ所もあったことを話した。しかもその論文が窪村孝義によって書かれたものだというと、理絵も驚きの声を上げた。

「何だか、不思議な因縁みたいですね」

「ほんと、とても他人とは思えなくなってきました」

冗談めかして言ったが、浅見は本気で、窪村教授とは何か得体の知れぬえにしの糸で結ばれているような気分さえしてきた。

それと同時に、浅見の胸の奥では、黒くモヤモヤした疑惑の霧が形を成し、動きだそうとしていた。

これまでの「捜査」の過程で、浅見はいくつかのデータやキーワードを見聞きしているような気がしてならない。この目で見、この耳でたしかに聞いているはずの出来事が、その本当の意味に気づくことなく、虚しく通り過ぎてきてしまったような、苛立《いらだ》ちと悔恨が背中のあたりをムズムズと這いまわるのである。

3

理絵との電話を終えて、浅見は少し遅くなった夕食をしに、レストランに上がって行った。ここのレストランの名物、松島湾の海の幸——というメニューは、何度食べても飽きることがない。居候の身分としては少し贅沢《ぜいたく》な気もしないではないが、浅見は今夜もそれを注文した。

　浅見が注文を終えたころになって、窪村孝義と彼を囲むようにした三人の紳士たちがやってきて、浅見のテーブルから一つ置いた隣のテーブルに着いた。

　窪村の著書を見た直後だけに、浅見は窪村にいままでとははっきり異なった、特別な関心を抱き始めていた。

　窪村は白髪まじりの頭と、新渡戸稲造に似た老成した雰囲気のせいで、見ようによっては六十歳を越えたように見えるけれど、実際の年齢はそれより若い。評論集の著者紹介によれば、まだ五十六歳のはずである。東京のS大の教授であり、さらにF大にも講座を持つというのだから、かなり力のある学者といっていいのだろう。

　取り巻きの紳士たちも、窪村に対して、概ね慇《いん》懃《ぎん》な態度である。三人のうちの二人は窪村より少し若い年輩で、たぶん、F大学の教員か職員らしい。途切れ途切れに聞こえる話の内容は、次回の講義日程の打ち合わせなどのようだ。

　もう一人の紳士は窪村教授の助手か秘書か——といった印象を受けた。年齢は四人の中ではもっとも若く、三十代の中頃だろうか。窪村に対して、ほかの二人よりもどことなく親しげに振る舞っている。

　とはいえ、ほかの二人はこの若い紳士に対しても、窪村に対するのと同様、きわめて丁重な態度を取っている。

　浅見のテーブルにも、窪村たちのテーブルにも料理が運ばれてきた。向こうは軽くビールを飲んでいる。しだいに会話も弾んで、楽しそうであった。

　窪村はどちらかというと寡黙で、アルコールもあまりやらないらしい。時折、ほかの者たちの会話につられたように笑みを洩《も》らすことがあっても、ほんの瞬間的で、儀礼的でさえあった。

むしろ、横顔にはどことなく寂しい気配が感じられ、この人物は社会的に厚遇されている割には、幸福感に乏しい人生を送っているのではないか――と思えた。

対照的に、若い紳士のほうは陽気で、よく喋りもした。なんとかして席の雰囲気を盛り上げ、教授のご機嫌をよくしようと努力しているのが、ありありと見て取れる。気難しい教授についている、心優しい助手――という印象であった。

隣席の長い食事が終わるまで、浅見はコーヒーを何杯もお代わりしながら、じっと付き合っていた。窪村のむっつりと、助手のサービス、それにあとの二人が聞き役――というパターンは終始変わらないままであった。

食事がすむと、窪村一人が先に席を立って部屋へ引き上げた。残った三人は教授を見送ってから「やれやれ」というように、思い思いのポーズで腰を下ろした。

「さて、秋山先生、少し飲み直してもいいですか？」

若い紳士が年長の一人にお伺いを立てた。秋山と呼ばれた紳士は「ああ、どうぞどうぞ」と笑顔で頷いた。

「浜田さんも気を使われて、なかなか大変でしょうねえ」

秋山は若い紳士をねぎらうように言った。

「いえいえ、大したことはありませんよ」

浜田は苦笑して、頭を掻《か》いた。

「僕のおやじに較べれば、窪村先生はずっとおとなしいですからね」

「あははは、そりゃ、あれですよ、浜田先生は大学者でいらっしゃったからですよ」

「そんなことはないですが……しかし、子供のころから、うちのおやじに窪村先生が仕えているのを見てきていますからね、僕はおやじの罪滅ぼしのつもりで、窪村先生にお仕えしているのです」

「とおっしゃると、浜田大先生は相当気難しいお方だったのですか？」

「らしいですね。息子には甘かったが、弟子たちにはおっかないおやじだったみたいですよ。よくあれで殺されずにすんだものだと思っています」

「ははは……」

三人は大笑いしたが、浜田はすぐに真顔に戻った。

「だけど、おやじが怒鳴るたびに、弟子が少なくなっていったのは事実らしいですよ」

「ほんとうですか？」

「僕はあまり詳しいことは知りませんでしたが、おやじが亡くなったとき、母がそんなことを言っていました。逆に弟子をやめない人は、おやじに怒鳴られてムシャクシャしたぶんを、後輩だとか友人とか家族だとか、ほかの者にぶつけるのだそうです。そんなふうに八つ当たりする対象のいない人が逃げ出したらしい。窪村先生みたいに、最後までじっと我慢して、おやじの身辺にいてくれたのは、ごく珍しいのだそうです」

「そうですねえ。そういえば窪村先生は忍耐強い、おとなしい方です」

「ええ、そのとおりですが、しかし、ときには爆発することもあるのですけどね」

「ほう、というと、まさか浜田さんにムシャクシャをぶつけるわけでは……」

「いや、僕には何も言いませんよ。むしろ、おやじの息子という、ある種の遠慮みたいなものが、いまだにあるんじゃないですかねえ。義理固いというのか、僕は困ってしまうのですが」

「とすると、ムシャクシャの捌《は》け口は？　ご家族——といっても、たしか、窪村先生はお独りでしたね」

「ええ、ずっと独身です」

「それじゃ、やはり学生たちに当たるしかなさそうだが……しかし、学生たちの評判は悪くありませんよ」

「窪村先生は学生には優しいですよ。大学にとって、学生はなんたってお客さまですからね、嫌われるようなことはできない、というのが、あの先生の信条です」

「なるほど、面白いことをおっしゃいますなあ。では、窪村先生はいったい、どなたに当たりますか？」

「ははは、それは言わぬが花でしょう」

「ひょっとすると、女性では？……」

秋山が小指を立てて、おどけるように訊いた。

「さあ、どうでしょうか」

浜田は曖昧《あいまい》に笑って、それ以上は何も言わなかった。その表情に、翳《かげ》りのようなものがあるのを、浅見は見逃さなかった。

まもなく浜田を残して二人の「客」は引き上げた。

浜田はいったんドアのところまで行ってから、引き返して、ボーイにコーヒーを頼んでいる。

運ばれたコーヒーに浜田が口をつけるタイミングを見計らって、浅見は立って行った。浜田の脇で頭を下げてから、「失礼ですが」と言った。

「窪村先生の助手をなさっていらっしゃる、S大学の浜田先生でいらっしゃいますか?」

カマをかけた質問だが、ズバリ的中した。

「はあ、そうですが……」

浜田は怪訝そうに浅見を見返った。

「じつは、ついさっき、近くの書店で窪村先生のご著書を買い求めた者です。そこの席でみなさんのお話を耳にしておりまして、ぜひ一度、窪村先生にお目にかかりたいと思いまして」

「えーと、あなたは?」

「申し遅れました、こういう者です」

浅見は椅子に腰を下ろして、名刺を出した。例によって肩書がない名刺なので、浜田は当惑げに浅見の顔を見た。

「フリーのルポライターのようなことをやっております。今回はある雑誌で東北地方の歌枕を特集する、その取材でやって来ているのです。そういうわけですから、もし窪村先生にお目にかかれれば、たいへんありがたいのですが」

「さあ、お会いになるかどうか……先生はあまりそういうこと——つまり、マスコミの人と会ったりするのは、好きじゃないですからなあ」

浜田は名刺を受け取った姿勢のまま、すげなく言った。

「そうですか……」

浅見は残念そうな顔をしてみせたが、気を取り直したように言った。

「浜田先生は窪村先生の恩師である、あの浜田先生のご令息でいらっしゃいますか?」

「ほう、父をご存知ですか」

「先生」と呼ばれた上に、父親のことを知っている相手とあって、浜田はまんざらでもない顔になった。

「いいえ、僕なんかはただお名前を存じ上げているだけで、ご研究のほうはさっぱり理解できない無学な輩《やから》です」

「ははは、ご謙遜でしょう。しかし、正直言って、僕もおやじの業績など、半分も勉強していないのですよ。おやじがあまりにも偉大だと、息子たる者、やりきれませんねえ」

「同感です。僕もやはりそのクチでして、兄には頭が上がりません」

浅見はうっかり本音が出てしまった。

「そうですか、お兄さんも学者ですか?」

「いえ、そうじゃないのですが」

「というと、何をなさっていらっしゃるのです?」

「はあ……つまりその、公務員ですが、出世の早いほうなのだそうです。そこへゆくと、僕などはいまだに居候で、嫁さんをもらうどころか、独立することさえできないのですから」

「ははは、そんなこと気にすることはないでしょう。独身貴族というじゃないですか」

浜田は愉快そうに笑って、「申し遅れましたが」と名刺を出した。名刺には「S大学文学部助手　浜田弘一」とあった。

「いまは助手ですがもうじき助教授の椅子が手に入りそうなのです」

浜田は訊きもしないことを説明した。

「もっと前から助教授になれと言われているのですがね、おやじの七光みたいに取られると癪《しゃく》なので、これまでずっと断り続けてきたのですよ。それに、窪村先生のことも心配ですしね」

「心配、といいますと、お体の具合でも悪いのですか？」

「いや、お体はいたってお元気で、むしろ若い者顔負けだが、あの先生は常人じゃありませんからね、目を放すと何をやらかすか分からないようなところがあるのです」

「やらかすというと、喧嘩っ早いとか、そういうことですか？」

「いや、喧嘩はしませんがね、いろいろとありまして」

浜田は苦笑して口を噤《つぐ》んだ。

「ひょっとして、こっちのほうですか？」

浅見はわざと下品に、さっきの秋山という紳士がそうしたように、右手の小指を立てて見せた。

浜田はニヤニヤ笑って、答えない。沈黙は肯定と判断していいですよ――というような思わせぶりな笑顔であった。

「それじゃ、浜田さんとしても、何かと気苦労があるのですねえ」

「いやあ、大したことではありませんよ。僕のおやじがそうだったから、そのぶん、お返しのつもりですよ」

「そうなのですか……なるほど、それは美談ですねえ」

「ははは、やめてくださいよ、美談だなんて書くのは」

笑ったのを汐《しお》に、浜田は時計を見て立ち上がった。

「ちょっと仙台の街でもぶらついてきますかね」

言うと、軽く会釈してテーブルを離れた。

4

浅見もやや遅れてレストランを出た。部屋に戻って、窓辺に立ち、何気なくホテルの前庭に視線を落としていた。

駐車スペースに数台のバスが停まっていて、浅見のソアラがそのあいだで、肩身が狭そうにしている。

時刻はそろそろ九時になろうとしている。

そのとき、玄関から浜田が出て行く後ろ姿が見えた。タクシーを使わないで、歩いて行く様子だ。

駐車場から車が走り出した。避けようとして立ち止まった浜田にスーッと寄って行く。車の左右のドアから、若い――と思える男が二人現れて、浜田に寄り添った。

声は聞こえないが、浜田が何か叫んだように見えた。

相手の二人も何か言ったのかもしれないが、向こう向きになっているので、浅見には分からなかった。

二人の男はいきなり浜田を殴った。浜田がうずくまると、足蹴《あしげ》にした。

駐車場の係員とホテルのドアマンが走って行った。

男二人はすばやく車に飛び乗って、タイヤを軋《きし》ませ、走り去った。

ホテルの人間が次から次へと、たちまち数人が浜田に駆け寄った。浜田は思ったほどのダメージがなかったのか、それとも虚勢を張って見せるのか、立ち上がり、周囲の連中を「大丈夫」と制している様子だ。

浅見は急いで部屋を出て、ロビーへ向かった。

浅見のエレベーターがロビーに着いたときには、浜田はすでにフロントのところまで来ていた、唇の端が切れて血が少し出ているところを見ると、実際には、やはりかなり手ひどくやられたことは確かなようだ。服も汚れ、腹部に靴跡があった。

「何者ですか？」

浅見は浜田に訊いた。

「いや、分かりませんよ。暗くてよく見えなかったし、顔もぜんぜん見憶えのない連中だったようです」

「何か叫んでいたようですが」

「そうだったかもしれないが、何を言ったのか聴き取れませんでしたね」

喋ると唇が痛むのか、浜田は顔をしかめた。

フロント係が「警察を呼びましょうか」と言うのを、浜田は制止した。

「そんなに大袈裟《おおげさ》にするほどのことじゃないよ。誰かと人違いしたのか、それとも、金目の物でも持っていると思ったのじゃないかな。まあ、この程度で、大した被害はなかったことだしね。それに、警察に知らせたって、犯人が捕まるわけじゃないですよ」

騒ぎは簡単に納まった。ロビーにはほかに何人かの客もいたが、ほとんど気がつかなかったらしい。

ホテル側としては客の事故だけに、放っておけないと思っているのだが、浜田は彼らの申し出を断わった。

「そうだ、このことは窪村先生にも絶対に言わないでいただきたい。先生が無用の心配をするのは望ましくないからね」

そう釘《くぎ》を刺しておいて、浜田はエレベーターに向かった。

浅見は浜田に付き添うかたちで、エレベーターに乗った。

「ひどい災難でしたね」

浅見は心から同情する表情を作って、言った。

「僕は偶然、部屋の窓から一部始終を見ていたのですよ。あの連中はどうやら学生みたいでしたね。違いますか？」

「えっ？　いや、どうですかねえ。僕はヤクザか何かだと思いましたが」

「いや、ヤクザではなさそうです。それに、はっきり先生を目指して襲ったように見えました」

「そんなはずないでしょう。僕には人に恨まれるようなことはないですよ」

浜田はムキになって、強い口調で言った。

エレベーターは六階フロアで停まった。浜田に続いて浅見も出ようとすると、浜田は手を上げて制した。

「もう心配ありませんから、ここで失礼しますよ」

エレベーターの前に立ちはだかり、ドアが閉まるまで、浜田は監視するように動かなかった。

浅見は自分の部屋のある四階のボタンを押しかけて、ロビー階のボタンを押した。

フロントの連中には、まださっきの騒ぎの余韻が残っていた。近づくと、「警察に知らせなくていいのかな」という声が聞こえた。しかし、当事者である客の浜田が無用だと言っている以上、勝手なことはできないのだろう。結局、何もしないことに落ち着いたらしい。

浅見は玄関先のドアボーイに、話を聞いてみた。

「何か叫んでいましたね。この野郎とか、そんなことを言っていたみたいですが」

「はあ、ぶっ殺してやるというように聞こえました」

「そうそう、ぶっ殺してやる……そう言ってましたよね」

浅見は調子を合わせながら、驚いた。一種の脅し文句かもしれないが、「殺す」というのは穏やかでない。あの暴行の加え方からいっても、殺意に近い憎悪があったことは確かなような気がしてならない。

ドアボーイの耳が確かであるなら、当然、浜田も同じ言葉を聞いたはずである。それなのになぜか浜田は、警察沙汰《ざた》にしたくないらしい。

目の前にタクシーが停まって、窪村教授が降り立った。ドアボーイが「お帰りなさいませ」と丁重に頭を下げて迎えた。

浅見は窪村に近づいて、「ちょっとお話ししたいことがあります」と言った。

「ん？……」

窪村は当惑げに浅見を見て、ドアボーイに「誰？」という目を向けた。

「じつは、さっき浜田先生が暴漢に襲われまして」

「えっ、ほんとかね、きみ？」

浅見だけでなく、ドアボーイも無意識に頷いてみせた。それで信用する気になったらしい。浅見が背を向けて歩きだすと、黙ってついてきた。

ロビーの奥にある喫茶室に入った。

「どういうことですか、浜田君が襲われたというのは？」

テーブルに着くとすぐ、窪村は急《せ》き込んで訊いた。浅見はそのときの状況を簡単に説明した。

「怪我の程度は？　病院へ行く必要はなかったのですか？」

「それは大丈夫のようです。ご本人が大袈裟にしたくないとおっしゃって、警察にも知らせるなと……」

「えっ？　それじゃ、あんた、警察の人じゃないの？　驚いたなあ、私はてっきり刑事さんかとばかり思って……」

窪村は急に疑惑に満ちた目になった。

「いえ、僕は浜田先生を襲った連中を追い払った者ですよ」

浅見はケロッと、嘘をついた。

「えっ、そう、そうでしたか。いや、それはありがとう」

窪村はようやく浅見を信用する気になったらしい。

「じつは、浜田先生は、このことを警察はもちろん、窪村先生にも話してくれるなとおっしゃっているのですが、どういう理由でしょうか？　こととしだいによっては、第一発見者として、警察に通報しなければならない義務があるのですが」

「うーん……そりゃあんた、あれでしょう、私に迷惑がかからないようにという配慮からそう言っているのでしょう」

「というと、この襲撃事件は窪村先生にも関係があるというわけですか？」

「え？　いや、それはどうだか分かりませんがね。彼は私の側近だと思われている人物だけに、いろいろ風当たりも強いのでしょう」

「つまり、それは窪村先生に対する風がきついという意味ですか？」

「ん？　ああ、まあ、どこの世界にも誤解もあるし、妬みもありますからね」

窪村は意味深長なことを言って、立ち上がった。

「とにかく浜田君を見舞ってやります。これで失礼」

慌てて立った浅見を無視するように、立ち去った。コーヒーを注文するひまもなかった。

浅見が部屋に戻るのと同時に、朝倉理絵から電話が入った。

「明日、もう一度、末の松山を探しに行ってみませんか」と言った。

「四つの末の松山のうちの一つは、福島県のいわき市にあるっていうのでしょう？　岩手県では遠すぎるけれど、いわき市なら、ここからもそれほど遠くないし、父が川崎町の帰りに立ち寄ったとしても、時間的には可能性があると思ったんです」

「なるほど、そうですね、ぜひ行ってみましょう」

ではまた、明日の朝九時に——と約束して電話を切った。

（そうだ、窪村教授にいわき市の末の松山の場所を訊いてみよう——）

浅見は思いついて、フロントに窪村の部屋番号を訊いて電話をかけた。窪村は低い声で「はい」と応じた。

「あ、さきほどロビーでお会いした者です。浜田先生のご様子はいかがでしたか？」

「ああ、さっきはどうも。浜田君ならべつに心配することはないですよ」

「そうですか、それはよかったですね。ところで先生、先生のお書きになった歌枕の評論を読ませていただいたのですが、その中にあった、四つの末の松山のうち、いわき市の末の松山というのは、どの辺にあるのでしょうか?」

「いわき市? ああ、あれですか。ははは、あれはあんた、どこにあるか分からないのですよ」

「えっ? 分からないのですか?」

「そうです、私の論文は文献を集約して、結論を引き出しているのですからね。いわき市にも末の松山と想定された場所はあるというのは、文献上ではっきりしているのだが、現実にその場所がどこかまでは特定されてはおらんのですよ」

「そうすると、いまの段階では、まったく仮定の話なのですか?」

「そう言ってしまうと身もふたもないですな。たとえば、ほかの三カ所にしたって、最初は文献上に名前が出ていただけで、場所の特定までには時間がかかっているのです。そう、湯川秀樹博士が中間子理論を発表した時点では、中間子の存在は理論的には確定的なのだが、現実にその存在を確認したわけではないでしょう。後の実験物理学によって、中間子の存在は証明されることになる。それと同じようなものと言ってもいいでしょうかな。いわき市の末の松山がどこか、それを特定できれば、われわれの学問の分野では、ノーベル賞ものかもしれませんな」

窪村は笑いながら電話を切った。

第五章　白浪、松を越ゆ

1

　胸苦しさに、思いきり息を吸おうとして、千田は目が覚めた。ふと見ると、隣の布団から妻が身を起こし、心配そうにこっちを覗き込んでいる。

「何か声を出したか？」

「ええ、呻《うめ》き声みたいだったわよ。恐い夢でも見たの？」

「ああ、いやな夢だった」

「どんな夢？」

「そうだな……」

　千田は薄闇《うすやみ》の中で天井を眺めて、ぼんやり夢の内容を思い出していた。

「川崎町の事件らしい」

「川崎町の？　十二年前の事件？」

「ああ、そうだ。だが、死体が男なんだな。末の松山で死んだ朝倉らしい死体が、有耶無耶の関に転がっていた」

「気味の悪い夢だわね」

「うん、おれもトシかな。こんな夢、いままで見たこともねえのに」

「末の松山の事件、気にしているせいでないの？」

「それはそうだな……しかし、気になっているというのは、何か意味があるのかもしれない」

「意味って？」

「分からねえ。ただ、あの浅見というやつの言ったことが、妙に気になっている。川崎町の事件と末の松山の事件とが、どこかで繋がっているようなことを言いやがった」

「素人さんの思いつきでないの？」

「ああ、そりゃそうだが、しかし気にはなるんだ。たしかに、やつの言うとおり、どっちの被害者も、独りで歌枕を訪ねて歩いていた人間だしな」

「そんなの、歌枕を訪ねて歩くなんて、珍しくないんでないの」

「ふん……」

千田は苦笑して、大きな欠伸《あくび》をした。

「おまえに言わせると、何でも当たり前のことになってしまうな。いや、じつはおれだってそうだけどよ。あの男に言われるまでは、ぜんぜん考えもしなかった。おれも歌枕には関心があるのになあ。何かに気がつくか気がつかねえかっていうことは、生き方の問題であるかもしれんな」

「なんだか難しいこと言うわね」

妻は眠そうな声で言って、「寝るわよ」と布団の襟《えり》を目許まで引き上げた。

しばらく黙ってから、千田は「おい」と言った。

「なに？」

「起きているか」

「起きているから返事したのでないの。何なのよ」

「いや、考えてみるとよ、おれも何十年も刑事をやってきたが、大きな事件を解決したことは、一度もないんだな」

「そんなことないわよ、何度も署長賞をいただいてるし、県警本部長賞だって……」

「そんなもの、おれ一人の仕事ではないからなあ。そうでなく、一人で犯人を追い詰めてよ、かっこよく逮捕するなんてことはなかったもんな」

「ばかばかしい、推理小説やテレビドラマじゃあるまいし」

「ははは、そう言っちゃおしまいだが、一度ぐらいそういうかっこいいことがあってもいいんでねえかと思ってよ」

「だったら、やってみればいいでないの」

「やるってか、おれがか」

「そうよ、お父さん、まだまだ刑事でいるわけでしょう」

「たぶん……しかし、あと何年かな」

「何年だって、刑事でいるうちは、その気になればできるんでないの」

「そうかな……そうだな、そりゃそうだな」

「分かったら、もう眠るから」

「ああ、そうしろや、おやすみ」


千田は、めずらしく優しい声で言って、天井に向かって何度も頷いた。

2

朝、浅見と理絵はホテルのラウンジで落ち合った。浅見は遅い朝食のトーストをパクつき、理絵は、紅茶を飲んだ。

「知らない人が見たら、二人でここに泊まったみたいに思われそうですね」

理絵に言われて、浅見の心臓がドキンとしたとき、エレベーターから出てくる浜田と視線が合った。

「やあ、昨晩はお世話さまでした」

浜田は遠くから挨拶しながら近づき、「ここ、いいですか?」と訊くだけ訊いて、返事を待たずに、浅見の隣の椅子に腰を下ろした。厚かましいというのではなく、ごく自然な親しさが感じられた。

浜田の顔の傷はいくぶん赤みを帯びた腫《は》れとなって残ってはいるけれど、それほどひどいものではなかった。

「あれから窪村先生がお見舞いに来てくださってしたよ」

……そうそう、あなたにお聞きしたとか言ってま「すみません、窪村先生には内緒だっておっしゃっていましたが、やはり気になったものですから」

「いやいや、ご親切に感謝してますよ。ところで、奥さんですか？」

浜田は浅見の逆隣にいる理絵のほうに掌の先を向けて、訊いた。

「え？　あ、いや、違いますよ、ただの友人です。朝倉理絵さんです」

浅見は慌てて、赤くなって弁明した。「たったいま迎えに来てくれたところです」

ホテルに同宿したなどと思われたら、具合が悪い。

「こちら、浜田先生」

「いや、先生なんて言われるような身分ではないのですが。浜田です。よろしく」

浜田は著名な学者の息子らしく、ぜんぜん気取らなくても、いかにも育ちのよさを感じさせる。どことなくおっとりしていて、他人と争うような世俗は苦手に見える。その浜田が、なぜ昨夜のように暴漢に襲われたりしたのか、浅見は大きな謎だと思った。

「これからお出かけですか？」

ボーイにコーヒーを注文して、浜田は二人の顔を少し眩《まぶ》しそうな目で見比べた。

「ええ、じつは、末の松山を探しに行こうと思っているのです」

「ほう、末の松山ですか、だったら多賀城市にありますよ。ここから近いですが」

「あ、そうじゃなくて、いわき市の末の松山なのです。窪村先生の御著書《ごちょしょ》に、あそこにも末の松山があるということが書いてありましたので」

「ああ、そう、あれですか。しかし、あれは本物の末の松山とは言えませんからね、正直言って、ご覧になるほどのことはありませんよ」

「そうですか、しかし……」

言いかけて、浅見は（えっ？――）と気がついた。

「いまの浜田先生のおっしゃり方だと、いわきの末の松山の場所をご存じのように聞こえましたが」

「ああ知ってますよ。といっても、自慢するほどのことはない代物ですから、他人にはあまり紹介したことはありませんがね」

「あの……」

浅見は口が乾いて、舌がもつれた。

「僕たちもそこへ行きたいのですが、場所を教えていただけませんか」

「うーん……」

浜田は困惑したようにしばらく考え込んだ。

「いや、やめたほうがいいですね。あんなところには行かないほうがいいでしょう。いまも言ったように、まるで信憑性《しんぴょうせい》のない話ですからなあ」

「はあ、それは承知しているのです。それでもぜひ一度、見てみたいと思いまして」

「弱りましたねえ……」

浜田は心底困っている様子だ。余計なことを喋ったという後悔が、ありありと表情に浮かんでいる。

「もし教えていただけないと、僕たちはあちこち探し回らなければなりません」

浅見は懇願するように言った。

「うーん……どうしても行くつもりなのですか?」

「ええ、どうしても行って探すつもりです」

「しかしねえ……窪村先生に叱《しか》られますからねえ」

浜田の心の中で、秘密を守らなければ——という気持ちと、教えてもいいかな——という気持ちとが葛藤しているように思えた。

揺れ動く気持ちを反映して、表情が、とくに瞳がよく動いた。それは見る者に不安を抱かせるような、病的な、落ち着きのない動きであった。

「教えちゃおうかな……」

浜田はふいに、剽軽《ひょうきん》な目を浅見と理絵とに、交互に向けて、いたずら坊主のように言った。

「ありがとうございます」

浅見は間髪を入れず頭を下げた。つられるように、理絵もピョコンとお辞儀をした。浜田は彼女の嬉しそうな顔が気に入ったのか、「うん、うん」と頷いた。

「それじゃ、地図はありませんかね。地図があれば、だいたいの見当はつくと思いますよ」

「ちょっと待ってください」

浅見は駐車場まで走って、車の中からドライブマップを持ってきた。

「えーと、この縮尺だと、ちょっと分かりにくいかな……だいたいこの辺りのはずなんですけどね」

　浜田の指先は、福島県の太平洋岸をずっと下がって、茨城県との県境――いわき市の南端を示した。

〔勿来〕の文字が読める。

「ああ、勿来の関の勿来ですね」

浅見はほとんど歓声といっていいような、上擦った声を発してしまった。

　勿来の関もまた、れっきとした「歌枕」である。白河の関、念珠《ねず》ヶ関とならぶ奥州三関の一つで、古くは「菊多《きくた》関」といったが、「夷《えびす》よ来る勿《なか》れ」と願うところから、「勿来」が地名になったといわれる。

　文字どおり「な来そ（来るな）」の意味であり、あいだを隔てて邪魔をする者（物）として歌に詠まれた。

　惜しめどもたちもとまらでゆく春を
　　勿来の関のせきもとめなむ　　紀貫之《きのつらゆき》

「ここの海岸に小さな岬があって、その付け根に松が数本そそり立っているんですがね、この辺りから山側に少し登って、その松を眺めると、ちょうど岬の先端にぶつかった波が、その松を飲み込むような角度で見えるのですよ。しかし現実には越えない。その越えそうで越えないところが、なんとなく末の松山ふうかな……といった感じがするのです」

「分かりました」

　浅見は地図を畳んで、「どうもありがとうございました、助かりました」と、あらためて礼を言った。

「いやいや、そんなにお礼を言われるほどのことではありませんよ」

浜田はコーヒーを啜《すす》って、「あち……」と顔をしかめた。口の中の裂傷にしみたのだろう。

「ところで、このいわきの末の松山は、やはり窪村先生とご一緒に発見されたのでしょうね？」

浅見は何気ない口調で訊いた。

「ああ、そうですよ。先生のお供をして、福島県の海岸地方を歩きましてね、七、八年にわたりましたかな。松のあるところや、それらしいところは片っ端から実地検証しました。ただし、歌枕が定まった時代に、はたしてその場所に松が生えていたかどうか、それははなはだ疑問ですからね、学術的な見地から突っ込まれると、いささか問題なのです。それに、あの付近一帯も、近頃はゴルフ場ブームらしく、どんどん地形が変わりつつあります。はたして、いまもその風景が残っているかどうか、保証のかぎりではありませんよ」

「その末の松山を発見したのは、いつごろのことですか？」

「えーと、あれはたしか五年くらい前のことじゃなかったですかねえ」

「そんなに前……」

「ええ、しかし、いまも言ったように、学術的な価値はほとんど無いにひとしいというのが正直なところです。まあ、文学的なロマンとして楽しむならべつですがね」

「でも、とにかく、松山を白浪が越えそうになるのでしょう？」

理絵が瞳をかがやかせて、訊いた。

「ええ、それはたしかですよ。私もこの目で見ましたからね」

「そうですか……」

浅見は視線を地図に落として、「それじゃ、とにかく行ってみます」と理絵を促して席を立った。

浜田は眩しい目を理絵に向けて、二人を見送った。

「おかしな話です」

玄関を出るやいなや、浅見は興奮ぎみに言った。

「昨日、窪村教授は僕に、いわき市の末の松山の場所は、まったく分からないと言っていたのです」

「えっ、ほんとに？」

「ええ、それはたしかに、浜田さんが言うように、学術的な意味で特定できていないという事情は分かるにしても、まったく分からないと、ケンもホロロに答えることはないと思うのですよね」

「でも、学者としては、そういう姿勢のほうが本物みたいじゃないのかしら？」

「いや、それならそうで、一貫した姿勢を取るべきです。現に、岩手の山の中の末の松山なんか、もっといいかげんなものでしょう。むしろ、いわきの勿来海岸にあるもののほうが、説得力があると思いませんか」

「そうですね、それはそうだわ」

理絵は頷いて、「でも、それって、どういう意味なんですか？」

「窪村教授はなぜそっけない答え方をしたのか、ですよ」

ソアラは冬の日差しを受けて、やわらかく温まっていた。

仙台の街を抜けて東北自動車道に入る。郡山インターで下りて、国道49号線でいわき市へ、いわきインターから常磐《じょうばん》自動車道で南下、いわき勿来インターを出る――およそ四～五時間の行程か。

浅見の頭に地図が書き込まれた。

「浜田さんはあんなに気軽に教えてくれたのに、窪村氏はそんなものが分かれば、ノーベル賞ものだ――などと言っている。そんなにもったいぶって隠すほどの代物でもないのに、です。なぜ隠すのですかね」

浅見は思わずアクセルを踏む足に力が入りそうだった。

「分かりませんけど……でも、浅見さんはなぜそんなにその点にこだわるのか、それもよく分かりませんよ」

理絵は浅見の興奮ぶりに、少し呆れながら、笑いを抑えきれないような顔で言った。

「そうですかねえ、変ですかねえ」

浅見は憮然として、口を閉ざした。

3

郡山インターからいわき市までの道のりが、思ったより遠かった。この道は沿線近くに「三春《みはる》駒」や「三春滝桜」で有名な三春町、最近発見された巨大鍾乳洞の「あぶくま洞」のある滝根《たきね》町などがある。

走っていて、つぎつぎにそういう案内表示に出くわすと、「あっ、ここだったのか……」と嘆息が洩れた。いつか、取材に訪ねてみたいと思っていたところだ。時間的余裕があれば、ぜひ立ち寄りたいのだが、いまは心が急《せ》いた。

いわき市は日本最大の面積をもつ「市」である。なにしろ、昭和四十一年の市町村合併によって、「平《たいら》」「磐城《いわき》」「勿来」「常磐《じょうばん》」「内郷《うちごう》」の五市と

「四倉《よつくら》」「遠野《とおの》」「小川《おがわ》」「久《ひさ》ノ浜《はま》」の四町、それに「好間《よしま》」「三和《みわ》」「田人《たびと》」「川前《かわまえ》」「大久《おおひさ》」の五カ村が一度に合併してしまったという、珍しいケースなのだ。

広いだけに市域には無数といっていいほどの名所旧跡や観光地が分散している。前述の「勿来の関」をはじめ、「常磐ハワイアンセンター」もここにある。天気予報でおなじみの「小名浜」もこの港だ。美空ひばりの絶唱に唄われた「塩屋岬」など、磐城海岸自然公園は、銚子以北、松島湾以南の太平洋岸としてはもっとも風光明媚《ふうこうめいび》の地である。

そういった漠然とした予備知識は、浅見の頭にはある。しかし、今回の事件に携わるまでは、そんなところに「末の松山」があるなどとは聞いたこともなかった。あらゆる観光ガイドブックにも、いわき市発行の観光パンフレットにも、「末の松山」のことは何も書いてない。要するに、いわき市に「末の松山」があるという事実は、少なくとも市の観光課としては、まだ把握していないことになる。

もし仮説であったとしても、そんな話があれば、飢えたオオカミのごとく飛びつくのが観光行政というものだ。多少あやふやだろうと、眉つばだろうと、ちょっとでもそれらしい材料があれば、まるで太古から言い習わされていたような「既成事実」をデッチ上げて、たちまちのうちに、みごとな観光資源にしてしまうはずである。

それが行われなかったというのは、窪村教授がその発見をまったく外部に洩らさなかったことを意味する。

なぜだろう？——

なぜそうまでして、彼は「発見」を糊塗《こと》しようとしたのだろう？――

浅見の脳裏には、たえずその疑惑が去来していた。

福島県の太平洋沿岸地方を「浜通《はま》り」という。福島は「会津地方」「福島・郡山地方」とこの「浜通り地方」の三つに区分けされ、それぞれ仲が悪いといわれる。どこかの地方から人材が出ようとすると、ほかの地方の連中が足を引っ張る――という話を、浅見は聞いたことがある。

勿来インターを出て東へ少し行くと、JR常磐線を越えて国道6号線にぶつかる。そこを右折してまもなく、左手に海が見えてきた。そこがもう、福島・茨城の県境である。

浜田は県境のところにある山に登れ――と言っていた。しかし、どこに登り口があるのか、さっぱり見当がつかない。

走っているうちに、じきに県境を越えた。とにかく、右手の山地に沿って、県境を越えてすぐを右折する。山地をグルッと迂回するようにして、さらに右折すると、ほんの百メートルほどで道路は途切れた。

そこから先は杣道《そまみち》のような道を、徒歩で行くしかないらしい。

浅見と理絵は車を下りたが、冬枯れした山に分け入って行くのは、あまり楽しいハイキングになりそうな期待が持てなかった。

「どうします、車の中で待ってますか？」

浅見は訊いた。

「いやですよ、こんなところに独りでいるなんて」

理絵は怒ったように言うと、先に立って、ドンドン歩きだした。

道なき道——といった感じで、枯れ柴が倒伏していたり、イバラが繁っていたりで、歩きにくいことおびただしい。山の頂きまではほんのちょっとの距離なのだが、けっこう時間がかかった。

「こんなことでなく、もっと楽しい目的だったらいいのに」

歩きながら、理絵はぼやくような口振りで言った。

「ほんとだなあ」

浅見も実感を籠《こ》めて賛成した。目の前で理絵の白い脚がキュロットスカートの下からチラチラしているのは、こういう場合でなければ、かなり刺激的な風景になるはずではあった。

ひょっこり、頂上に出た。山のてっぺんというよりは、尾根の稜線——といったほうが当たっている。そこから北へ向かって、馬の背のようななだらかな杣道が続いていた。

「まあ、きれい……！」

理絵が叫んだ。

「やあ、これはいい！」

浅見も追随した。

ちょっとした展望台であった。すぐ眼の下から太平洋が広がっている。実際には国道6号線が足元を走っているのだが、ここからは死角になって、見えないのがいい。

「展望台」の切れめの上端から、太平洋に向かって、岩ばかりの小さな岬が突き出している。

その岩に太平洋のうねりが寄せて、白い波を立てていた。

そして——松があった。尾根の切れ落ちた下から生え出した松の梢《こずえ》が、岩の岬を遮蔽《しゃへい》するように枝を拡げている。

浅見も理絵も、その松に向かって立ち、しばらくは物も言えなかった。

「もし波が荒ければ……」と、浅見は呟くように言った。

「確実にこの松を越えますね」

「ええ、越えます」

理絵も頷いた。二人とも「越えたように見える」と言わず、「越える」と断定的に言った。それほどに感動的な発見であった。

「あんな小さな波なのに、梢にかかっているんですもの、もし台風なんかで大きな波が寄せていたら、松の梢をはるかに越えてしまいますよ」

「そうですね、はるかに越えますね」

二人はゆっくり顔を見合わせた。言いたいことはたった一つだった。

「父は」と理絵が先に言った。

「父は、ここに来たんですね」

「ああ、ここにいらっしゃったのでしょう。そして、その感動をそのまま、『白浪、松山を越ゆ』とメモしたのですね」

理絵はふっと涙ぐんだ。

「ありがとうございました」

頭を下げたとき、涙がいくつか、枯れ草の上に落ちた。

浅見も感動で胸がつまった。慌ててハンカチを出して、まず自分の目頭に当ててから、理絵に差し出した。

理絵はもういちど「ありがとう」と言って、ハンカチを受け取った。

感傷的な感動が収まるまで、しばらくは沈黙の時が流れた。遠い潮騒と道路を往来する車の音と、時折、風のそよぐ音がして、荒涼とした冬の風景とともに旅愁をそそった。

「でも、ほんとうにここが末の松山なのでしょうか?」

理絵が、彼女らしいさめた口調を取り戻して、言った。

「ずいぶん中途半端なところみたいな気がしますけど」

「そうですかねえ、そんなことはないと思うけど」

浅見は四辺の様子を見回した。

「むかしは、波の寄せる海岸線は通行できなかったから、道路は少し内陸寄りにあったはずです。この道そのものが、当時の街道であったかどうかは分からないけれど、この小道の延長線上付近に勿来の関があるし、いずれにしても、そんなにルートから外れた場所ではなかったでしょう。旅人がこの高台でひと息入れたとしても、不思議はないような気がします」

「でも、それが末の松山なのかどうかは分からないのでしょう?」

「ああ、それはもちろんそうですよ。末の松山はやはり多賀城の末の松山が正しいと思っていいでしょうね。しかし、三つの異説のうちの一つ——いわきの末の松山がここだというのは、一応、評価してもいいのじゃないかなあ」

「ええ、それは私もそう思いますけど」

「だのに、窪村教授はなぜかそれを公式発表しなかった……」

「なぜなのかしら?」

理絵はようやく浅見の疑問に同調する言葉を言った。この風景を目のあたりにして、父親がこの場所を訪れたであろうことを思えば、しぜん、浅見のいう意味を実感できるのだろう。

「窪村氏がこの末の松山を発見したのは、五年ほど前のことだって、浜田さんは言ってましたね」

「ええ」

「五年ほど——というのは、あしかけ五年という意味に解釈していいのでしょうか。それとも、満五年という意味かなあ？」

「そんなに厳密な意味じゃないみたいな口振りでしたよ。だいたいの見当で言ったんじゃないかしら？」

「だとすると、あしかけ五年のクチかもしれませんね」

「ええ、でも、それが何か？」

「お父さんが亡くなったのは？」

「三年ちょっと前ですけど……」

「三年ちょっとというのは、あしかけ五年……あしかけ四年……三年ほど前……どれに属すのですかね？　どれに属すとしても、少なくとも、この末の松山が発見された直後と言っていい時期じゃありませんかね？」

「…………」

理絵は浅見の顔を見つめた。いったいこの男は何を言おうとしているのか——という、非難とも不安とも期待ともつかぬ、不安定な表情であった。

「そろそろ行きましょうか」

浅見は海と「末の松山」に背を向けて、杣道を歩きだした。

4

二人は山路を下り、車に戻り、海岸沿いにあるドライブインに着くまで、あまり言葉を交わさなかった。

ことに浅見は、何か喋ると、折角の思いつきが口からこぼれ落ちてしまいそうな気分だった。

ドライブインに落ち着いて、二人とも熱いミルクを注文した。砂糖をたっぷり入れたミルクをフーフー言いながら飲んで、ようやく気持ちがほぐれた想いだった。

「今度の旅で、多賀城の末の松山を訪れて以来、ずいぶんいろいろな物を見たり聞いたりしてきたのだけれど」

浅見はぼんやり海を眺めながら、懺悔《ざんげ》でもするように、ものうげな口調で言った。

「その途中で出会ったいくつかの、重要な事実を、僕は何気なく見過ごしているような気がしてならないのです」

「重要な事実って、何ですか？」

「たとえば十二年前の川崎町の殺人事件なんかもそうです」

「あら、そんなことないわ。浅見さんは充分、その事件についてだって、関心をもっていたじゃありませんか。警察や千田さんでさえ、もうとっくに忘れてしまっているみたいだというのに」

「そう、事件そのものについては、一応、関心をもったつもりですけどね。しかし、事件だけを見ていたのでは、何も分からないし、何も解決なんかしっこないのですよ。もしそれで解決するのだったら、警察がとっくに犯人を挙げているはずなんですから。ね、そう思いませんか？」

「ええ、それはそうですけど……だからって何も、浅見さんがそんなにご自分を責めることはないんじゃありませんか？」

「ははは、責めているって……そういう深刻な感覚じゃないのです。たとえば、もうちょっとで解けるクロスワードパズルだとか、ファミコンゲームだとか、そのキーワードが手を伸ばせば届くところにあるのに、気がつかない……そういう、じれったいような気持ちってあるでしょう、それなんです」

「じゃあ、遊びの感覚っていうことなんですか?」

「うーん……そう言われると、なんだかいけないことをしているように聞こえちゃうけど……やっぱり不真面目なのかなあ……」

「そんなことより、浅見さん、さっき言いかけた、十二年前の事件の何が問題なのかっていう、それ、教えてくださいよ」

理絵はじれったそうに催促した。

「あ、そうそう、いや、十二年前の事件ばかりじゃないのですよ。もっといろいろな場面で引っ掛かってしかるべき出来事があったはずなんです。たとえば、お父さんが川崎町を訪れたころに、何があったのか、などということもね」

「えっ? 何があったのですか?」

「たとえば……」

浅見は小首をかしげてから、言った。

「川崎町の民俗資料館の開設記念行事で窪村教授が講演を行っているでしょう」

「えっ?……」

「それと、もっと重要なこと……資料館ができたのは、十二年前だったはずですよ」

「えっ?……」

理絵は浅見の言葉に、単純な驚きで反応している。

「そして、資料館の生みの親は、窪村教授じゃないですか」

「えっ、ええ、そうだったわ、たしか……」

ようやく理絵の目に光が宿った。浅見の言わんとしている意味が少しずつ理絵の胸にも疑惑の灯をともし始めた。

「十二年前、川崎町で殺された野森恒子さんは、歌枕を訪ねる旅をしていたんですよね。まず、栃木県の那須からスタートして、福島県の白河の関で一泊、そのあとこの勿来の関、福島市を通って、五日目に川崎町に着いているのです」

「…………」

理絵は固唾《かたず》を飲んで、じっと浅見の口許を見ていた。

「そして、それとはべつに、もう一つの事実がある。それは、窪村教授と浜田助手が、七、八年にわたって、いわきの末の松山を探していたということです。その時期のどこかと、野森恒子さんの旅とが重なっている可能性があるでしょう」

「ええ、それはそうかもしれないけど、でもそのことと事件と、どういうふうに結びつくんですか？」

「それはまだ分かりません。分からないけれど、二つの事件とも、窪村教授の行動と接点がある可能性はあるのではないか――そう思ったのです」

「じゃあ、浅見さんは窪村教授が犯人だと？……」

「まだそこまでは断定しませんけどね。しかし、接点があるということが分かれば、何かそこから糸口が見つかるかもしれません」

「でも……」と、理絵はしきりに首を横に振った。

「たとえ接点があったとしても、どうして、どうして父が殺されなければならないのですか？　父がいったい何をしたっていうのですか？　しかも窪村教授は学者ですよ。紳士ですよ。そんな、人を殺すだなんて……それも、一人は若い女性だし、一人は初老の父ですよ。いくらなんでも変ですよ、あり得ませんよそんなの」

「そうですね、あり得ないことかもしれないな。たぶん僕が間違っているのでしょう。ただし、十二年前には野森恒子さんが、そして三年ちょっと前にはあなたのお父さんが殺されたというのは事実です。そして、それぞれの事件に、窪村教授との接点があったことも、ぜんぜん考えられないわけではない。それともう一つ、窪村教授が川崎町を訪れたのは三年ぶりだと、町の広報紙に書いてあったでしょう。F大の講義に来ているのに、なぜそんなに寄りつかなかったのかな？　まるで避けて通っているみたいだ。いや、もちろん、だからといって、何があったのかなどと、軽々しく言えたものじゃないでしょうね。ことに警察はそんな馬鹿げた発想はしたがりませんよ。僕みたいな無責任な素人だから、そんな勝手な想像をめぐらせるのです。しかし、そこから出発するのが、僕のやり方でもあります。だめで元々、なに、ファミコンゲームで遊ぶつもりでやれば、気楽なものです」

「そんな……」

浅見の露悪的な言い方に、理絵は眉をひそめた。

「浅見さんが遊びのつもりでやったことで、迷惑する人が出たらどうするのですか？　窪村先生の名誉を傷つけたりしたら、取り返しのつかないことになるじゃありませんか」

「驚いたなあ……」

浅見は苦笑した。

「あなたに叱《しか》られるとは思わなかった」

「叱ってなんかいません。ただ、私は浅見さんのことが心配だから……」

「ふーん、そうなんですか、心配してくれるのですか」

「ええ、心配ですよ。父のことでいろいろしてくださるのは嬉しいけれど、そんなふうに暴走して、浅見さん自身が犯罪者になんかなったりしたら……」

理絵は本気で怒っているのか、思わず言葉につまった。浅見は不思議な物体を見るような目で、理絵の瞳を見返した。

「ねえ、もうやめましょうよ、いえ、やめてください。ここまで辿《たど》り着けば満足ですもの。あとは千田さんにお話しして、東京に帰りましょうよ」

理絵は身をよじりながら、懇願するように言って、頭を下げた。

5

気まずい雰囲気の帰路になった。浅見も理絵も言葉少なく、会話は当たり障りのないことばかりだった。

（女は分からない――）と浅見は苦い思いを噛みしめていた。

（女は気紛れだ――）とも思った。

父親の死の真相を解明したい――と張り切っていたくせに、いざ事件の謎に直面したとたん、おぞけをふるって撤回しようというのである。御馳走を目の前にして、箸《はし》も取らずに帰ってしまう、気取り屋のお嬢さんを連想した。

たとえそれが自分の「暴走」を懸念するところから発しているにしても、屋根に登ってハシゴを外されたような、「あれ?」という気持ちを否定できない。

朝、仙台を発って来たのに、山間の道を行くと、冬の短い日はもう夕暮れのような気配を感じさせた。気分までがドンドン落ち込んで、浅見はなんだか虚しくなってきた。

「まったく、朝倉さんが言うとおり、僕は何でこんな、不毛の作業にうつつをぬかしているのでしょうかねえ」

自嘲《じちょう》の低い笑いと一緒に、言った。

「不毛だなんて……」

理絵は悲しそうな目をチラッと浅見の横顔に走らせた。

「そんなこと、私は思っていません。浅見さんが私のためにしてくださったこと、とても感謝しています。でも……」

理絵は表現に窮したように口籠《くちご》もった。

「でも、何ですか?」

「……怖いんです」

「怖い?」

「ええ、怖いんです。怖くなったんです、とても」

「それは僕のことを心配してくれているからですか?」

「ええ、それもあります。浅見さんがひどいことになりはしまいか——っていうのも。でも、もっと怖いのは、ほんとうのことを知ってしまうことが怖いのかもしれない。父を殺した犯人は憎らしいけど、もし、あの窪村教授が犯人だったりして、それを私たちが追い詰めて、あの五千円札の肖像

「ほんとに？」

「ええ、たぶんほんとです。僕は本質的に臆病《おくびょう》だし、大抵の人間はおしなべて臆病な生き物のはずですよ。人間がときに見せる残虐な行為だって、考えてみれば、臆病の反動のようなものだと思うんです。殺人者に脅えているのは殺人者自身ですよ。人を殺した者は、血に染まった手を毎日毎晩、自分の腕の先に持って眺めていなければならないのですからね。たまたまお釣りにもらった五千円札を見るより、はるかに恐ろしいはずです」

　上出来のジョークを言ったはずなのに、理絵はもちろん、浅見も笑う気にはなれなかった。

「そういう哀れな犯人を追い詰めて、楽しいわけがない」

「でも、浅見さんを見ていると、まるでゲーム感覚で犯人を追っているみたいな感じがします」


みたいな顔の人が、苦しんで、のたうちまわって……そんなの見るのもいやだし、おまけに死刑にでもなったりしたら……そういうのって、一生つきまとうでしょう。五千円札を見るたびに背筋がゾーッとして、まるで自分が人殺しをしたみたいな気持ちがして……だから、もういい、ここまでやめたほうがいいって、そう思うんです」

　理絵は何かに取りつかれたように、一気に喋った。

「そう……」

　浅見はほとんど感動的といっていいほどのショックを感じて、もう一度「そう……」と、吐息のように言った。

「あなたの気持ち、よく分かりますよ。僕だって、心の奥深いところでは恐ろしいのです、怖いって感じているのですよ」

「ああ、それは否定しませんよ。謎を解いている過程では、犯人の悲劇を忘れてしまっているのです。しかし、事件の結末が見えて、犯人の素顔が見えたときの虚しさだけは、やりきれません。パズルを解いたときの喜びなんかこれっぽっちもありませんからね」

「だったら、なぜ、なぜ……」

「そう、なぜなのかな……やっぱり、そこに山があるから登るとしか、説明のしようがないのかなあ……そうでなければ、僕自身、じつは犯罪者の素質を持っていて、そういう形で人を抹殺しているのかもしれない」

「そんな……いやです、そんな恐ろしいことを言わないでください」

理絵は悲鳴のように言って、両手で耳を押さえた。

「なんだか……」と、浅見は疲れて、老人のような声を出した。

「ほんとうにもう、やる気がなくなってしまったようだなあ。まだ事件を解決するどころか、犯人を特定できたっていうわけでもないのに」

「ごめんなさい」

理絵は耳から手を離して、ダッシュボードに額がつくほど、頭を下げた。

「あははは、あなたに謝られると、もう、すべてが終わったような気分ですね。年貢の納めどきみたいな」

「そんな、犯人みたいなこと、言わないでください」

「犯人か……」

浅見の脳裏に、窪村の一見穏和な顔が思い浮かんだ。あの穏和さの陰に、狡猾《こうかつ》さや狂暴さが潜んでいるとは、信じられないような気がしてならない。

（違うのかもしれない——）

ふとそう思った。理絵の懸念どおり、大きな過ちを犯しかけていたのかもしれない。

そう思うことで、浅見はこの「事件」と訣別《けつべつ》する意志を固めた。

「さあ、それじゃ多賀城に戻って、あなたを送り届けて、千田さんに会って、それでこの旅を終わりにしましょうか」

車は村田ジャンクションを通過した。この分岐点を西へ行けば川崎町——有耶無耶の関へ向かう。

無念の最期を遂げた野森恒子のこと、土産物屋から先、忽然として足跡を絶った朝倉義昭のこと、二つの事件のいずれのときも、なぜか川崎町に現れたらしい窪村教授のこと——そういったもろもろの記憶が、通り過ぎる風景の中から湧き出て、執拗《しつよう》に追い掛けてくる。

浅見は無意識のうちにスピードを上げていた。

6

仙台で「最後の晩餐」をして、多賀城市には午後八時に着いた。理絵を伯父の家に送り届けて、浅見は千田の家に向かった。千田は留守だった。

「あ、まだ警察署のほうですか？」

「いいえ、今日は非番でした」

千田の妻は申し訳なさそうに揉《も》み手をしながら、少し躊躇《ためら》って、「じつは、川崎町のほうへ行ったのですけれども」と言った。

「えっ、川崎町って、あの、有耶無耶の関の……」

「はあ、午前中に出掛けたもんで、もうそろそろ帰って参ると思うのですけど」

「そうですか」

浅見は後頭部を鈍器で殴られたようなショックを感じた。野暮な質問だとは思ったが、確かめずにはいられなかった。

「川崎町へは、やはり事件のことで行かれたのでしょうか？」

「はい、そうです。あなた方に負けてはいられないと思ったのではないでしょうか」

千田夫人は、はにかんだように微笑を浮かべて、

「昨夜、夢を見たとか言って、それで、もう一度川崎町さ行ってくるって」

「夢を見た、ですか？」

「はい、悪い夢だったそうです。有耶無耶の関のところに、末の松山で殺されていた朝倉さんの死体が転がっていたとか言って、眠れなかったみたいです」

浅見の頭の中に、千田が見たのと、たぶんそっくりの「光景」が映し出された。

「すみません。お帰りまで待たせていただけませんか？」

「はあ、それは構いませんが、でも、あの人は帰る時間がはっきりしないですけど」

「それでも結構です。帰られるまでお待ちします」

浅見は玄関先に佇んで、一歩も動かない、気張った姿勢になった。

「そしたら、そこは寒いですから、どうぞ中さ入ってください」

千田夫人はおかしそうに、笑いをこらえながら、若い客を招じ入れてくれた。

千田はそれからまもなく帰ってきた。「うー、冷えてきたなや」と言いながらドアを開けるのを、浅見は急いで出迎えた。

「お邪魔しています」

「おう、あんたかね、いやいやびっくりしたなあ」

千田は目を丸くして、しかし嬉しそうに笑う。夫人が出した座蒲団に、浅見と対座する恰好で座り、熱い茶を啜った。

「駅からここまで歩きながら、あんたのことを考えていたところだもんね」

「僕のことを、ですか？」

「ああ、いまごろ、どこで何をしているかと思ってな。こっちも負けねえ気で、川崎まで行ってきたところですよ」

「そうだそうですね、さっき奥さんから聞いて、少し……いや、ひどく感動させられました」

「感動って、私のことでかや？　なして感動なんか……私のほうこそ、あんた方に教えられたもんなあ。いや、なんだか年寄りじみてしまって、事件のことなんかも、遠い昔の思い出みたいな気分で、ただなんとなく眺めてばかしおって、そのくせ、まだ時効までは間があるとか……そんなもの、指折り数えて待っておったんでは、ちっとも解決しねえのになあ。それをあんた方が来てくれて、刺激されたっていうのか、何かしねえではいられなくなったもんね」

千田は居住《いずま》いを正して、「いや、ありがとうさん」と頭を下げた。

「こっちこそ……」

浅見もお辞儀をした。年齢の大きく違う男が、しゃっちょこ張ってお辞儀をしあう様子は、滑稽だが、それなりにいい風景だ。

「夢をご覧になったそうですね」

浅見が言った。

「え？　ああ、聞きましたか。余計なお喋りをしやがってから」

千田は笑って目で妻を睨《にら》んだ。

「その夢は、有耶無耶の関の事件と、末の松山の事件とが、どこかで重なりあっているということを、天が啓示してくれたのではないかと思ったのですが」

浅見は意気込んで言った。

「ははは……そんなふうにたいそうなもんではねえと思いますけどな。しかし、浅見さんに言われたことが、妙に気になっておったということはあるのかもしんねえです。こんなこと言うのも照れ臭いが、永年の刑事稼業で培われたカンていうのだかな、そういうのがあるのかもしんねえです」

「そうだと、僕も思います」

浅見は大きく頷いた。

「じつは、今日、僕と朝倉さんはいわき市へ行ってきました」

「いわき……福島県のですか？　あんなとこさ、何で？」

「いわき市にも末の松山があるのですよ。そこを見てきました」

「へえー、ほんとですか？」

「ええ、末の松山と言われている場所は、四カ所あるのですが、まあ、その説明は抜きにして、とにかくいわき市の末の松山というのを、この目で確かめてきたのです。そして、そこの松を白浪が越えるだろうということも確認しました」

「えっ、白浪が松を越えたのですか？」

「ええ、少し大きな波が寄せたら、間違いなく越えますね。だから、その意味からいうと、本来の歌枕としてふさわしい末の松山とはいえないのかもしれません。末の松山は『浪が越えない』松でなければならないのですからね。しかし、朝倉さんがメモに『白浪、松山を越ゆ』と書いた、その感動は実感できました」

「ふーん……」

千田は腕組みをして、目で「それで？」と問いかけてくる。

「それで、朝倉さんが殺されたその日、朝倉さんは川崎町からいわきへ行ったのではないかと思ったのです」

「なるほど」

「そして、実際に白浪が松を越えるのを見たのではないかと」

「…………」

千田は黙って頷いた。浅見の推理の先を聞きたがっている。

「もしそうだとすると、いったい朝倉さんはどうしてそこが末の松山で、しかも白浪が越えるということを知り得たのか——それが問題です」

「…………」

「その日、朝倉さんは川崎町で誰かに会って、その人物から、いわきにも末の松山があり、しかも、そこの松を波が越えると聞かされたにちがいありません」

「…………」

「そして、その人物の案内でいわきへ向かった……」

「要するに、浅見さんはその人物こそが、朝倉さんを殺害した犯人だと言いたいわけですね？」

「そうです。しかも、おそらく有耶無耶の関で野森さんを殺した犯人でもあると思っています」

「うーん……しかし、ずいぶん飛躍した考えですなあ……それに、動機は何です？　若い女性を殺すのと、朝倉さんを殺すのとでは、ぜんぜん関係がないし、殺しの手口だってまるっきり違うと思う。朝倉さんは毒殺だが、有耶無耶の関の女性は鈍器で殴られ首を絞められて死んだのですからなあ」

「それは殺意が起きてから、殺害の行為に到るまでの時間的な差でしょう」

浅見は静かに言った。

「女性を殺したときは、ほとんど発作的に殺さなければならない状況だったのだと思います。しかし、朝倉さんの場合は、殺意が生じてから殺すまで、充分な時間——そう、毒を飲ませるチャンスを掴むほど充分な時間的余裕があったのでしょうね」

「いったい浅見さん、その犯人というのは誰だと考えているのです？」

千田は急き込んで訊いた。

「まだ分かりません。いや、僕は分かったつもりでいるのですが、さっき彼女に叱られましてね。慎重にならざるを得ないのです。それで千田さんにお願いしたいのですが、僕に手を貸していただけませんか？」

「そりゃ、私に出来ることなら……しかし、何をすればいいのです？」

千田は座蒲団から身を乗り出した。

第六章　肉薄と敗退

1

翌日――千田部長刑事は窪村孝義をホテルの部屋に訪れた。千田は一応、ロビーで結構――と遠慮したのだが、思ったとおり、窪村は部屋に来てもらいたいと言った。刑事づれと会っているのを他人に見られたくないのかもしれない。

千田はどう見ても、あまり風采の上がらない中年男だ。薄く開いたドアのこっちで型通りに警察手帳を示して、「千田といいます」と名乗ると、窪村の顔に一瞬、つまらなそうな表情が浮かんだ。

比較的ゆったりしたツインの部屋だが、膝が触れ合うほどの小さなテーブルを挟んで、見知らぬ男同士が向かいあうと、息が詰まりそうだ。

「何でしょうか?」

窪村は顎《あご》をしゃくるように、早速用件を促した。

「じつは、浜田さんのことですが」

千田はもったいぶった様子で煙草を取り出し、火をつけるでもなく、無骨な指先でもてあそびながら、言った。

「先日の晩、浜田さんがホテルの玄関先で暴漢に襲われたのはご存じかと思いますが」

「ああ、そんなことがあったようですな」

「ところが、その事件に関する被害届は出さなかったようですね。なぜお出しにならなかったのでしょうか?」

「まあ、大した怪我もなかったし、相手が何者か分からなかったからでしょうな。しかし、そういうことなら、浜田君に直接訊かれたらよろしかろう」

「はあ、もちろん浜田さんのほうにもお訊きすることになりますが、その前に、一応、先生のお考えをお訊きしておこうと思いましてね……すみませんが、煙草を吸ってもよろしいでしょうか?」

「ん? ああ、構いませんよ」

「それではちょっと、その灰皿を頂戴できますか」

窪村は面倒臭そうに、背後のデスクの上の灰皿を取った。夜なべ仕事の原稿でもあったのだろうか、灰皿の中には吸殻の山が出来ていた。

「だいぶお喫《の》みになるのですね。灰皿を替えてもらったほうがいいですな」

千田は言って、勝手に電話を使い、部屋係に灰皿を持って来るよう注文した。窪村は、余計なことを——と言わんばかりに、「用件をどうぞ」と冷淡な口調で催促した。

「襲った犯人のことですが、先生にはまったく心当たりがないのでしょうか?」

「ありませんな。だいたい、私はあの晩、彼が襲われたことも、あとで知ったようなわけでしてね、顔も見ていないのです」

「浜田さんはどう言ってましたか? つまり、襲われた理由だとか、相手についての心当たりだとかについては」

「何が何だか分からないと言ってましたな。いきなり車から飛び出して殴りかかってきたそうだが、近頃は見ず知らずの連中が、相手構わず意味もなく暴力を揮《ふる》ってくることがある。暴力団は野放しの状態だし、いったい警察は何をしているのですかなあ」

「警察も決して、遊んでいるわけではないのですが。しかし、そのときの事件は、街頭の出合い頭に因縁をつけられた——というのと違って、まるで待ち伏せしていたとしか考えられない襲い方をしたようですね。ここは仙台では一流のホテルですからなあ、わざわざそこまでやって来て、浜田さんが出て来るのを待っていたとなると、これは単なる暴力事犯ではなく、何か理由というか、動機があるのではないでしょうか？」

「先方にはあったかもしれないが、浜田君は知らないと言っているのだから……まあ、人違いということもあるでしょうしね」

「なるほど、人違いですか……いったい誰と間違えたのでしょうなあ」

「そんなことは犯人を逮捕して訊いたらいいでしょう」

窪村は立って、「ほかになければ、これで失礼します」とドアを示した。

そのドアをノックする音がして、「お部屋係の者ですが、灰皿をお持ちしました」という声が聞こえた。

千田がドアを開けてやると、ボーイが入ってきて、慇懃《いんぎん》な態度で灰皿を取り替えた。白い手袋を嵌《は》めた手が、きわめて印象的だ。

ボーイが出て行ってしまうと、窪村は皮肉な口調で「ふん、指紋を取ったつもりなのかね」と言った。

「いえ、滅相もないです」と応じたが、千田はギクリとした。窪村に気づかれたことにではなく、たぶんそう言うだろう——と言っていた浅見の言葉がズバリ、的中したからである。浅見は窪村とはたった一度会っただけだそうだが、それにも拘わらず、ちゃんと相手の性格を見抜いている上に、窪村の口調まで、そっくりに予測してみせたことになる。

「部屋係のボーイが手袋をしているのを、私ははじめて見たな。わざとらしく煙草を吸ったりして……何のためにそんなことをするのかね？　まさか、浜田君を襲った犯人一味と、私が関係しているとでも考えているのじゃないだろうね」

「いやいや、そんなことは考えてもおりません」

千田は、新しい灰皿に煙草を押しつぶしながら、椅子《いす》に腰を下ろして、言った。

「話は違いますが、じつは、自分は十二年前、先生が川崎町の民俗資料館のオープンの際にご講演なさったのを、拝聴したことがあるのです」

「ふーん……」

窪村は未練がましく、チラッとドアのほうに視線を走らせたが、千田が二本目の煙草を取り出し、テコでも動かない態度なので、諦めたように自分も座った。

「そうですか、そういえば、そんなことがありましたな」

「はあ、ありました。ちょうどその時、川崎町の有耶無耶の関で若い女性が殺されるという事件が発生したのですが、その事件のことはご存じでしたか？」

「ああ、そういう事件があったことは、記憶にありますよ」

「自分は当時、大河原警察署に勤務しておりまして、その事件捜査で川崎町に出掛けて、たまたま、ご講演にぶつかったものでした。これで生意気に短歌など嗜《たしな》んでおりまして、先生の歌枕に関するお話はたいへん興味深く拝聴したものであります。それ以後、歌枕巡りにとりつかれたような始末でして」

「それは光栄だが……しかし、きみ」

窪村はニヤリと笑った。

「警察官たる者、嘘をついても構わないのかな？」

「嘘？……」

「ああ、そうだよ、きみは嘘をついている。私が川崎町で講演をしたのはたしかだが、殺人事件が発生したのは、その五日後のことだったそうだ。きみが捜査で川崎町を訪れたときには、私はとっくにいなくなっていたはずだがね」

「あれ？　そうでしたかなあ……」

千田はとぼけた顔を天井に向けながら、内心ではまたしても舌を巻いた。それも浅見がちゃんと予想したとおりだった。

十二年前の出来事など、ふつうは憶えていないものである。それをもし憶えていたとしたら、窪村がその事件にひどくこだわっていることの証左と見ていい――というのだ。しかも窪村は「五日後」とまで言った。そのこだわりは並のものではない。

「よく憶えておいでですなあ」

千田は意地悪そうな目を窪村に向けた。猜疑心《さいぎしん》いっぱいの「刑事の目」である。よく刑事は目つきが悪い――などと悪口を言われるけれど、この稼業を長くやっていると、眼の演技が重要な商売道具であることに気づくようになる。

「何しろ十二年前ですからな、自分など、先生のお話を聴いたのが、事件の前だったか後だったかさえ、さっぱり憶えておりません。先生はどうしてそんなによく憶えておいでなのでしょうかな?」

　窪村は千田の視線をスッとはずした。

「それはたぶん、きみと私の頭の構造が違うからじゃないのかね」

　露骨な軽侮を見せたつもりらしいが、千田の目には動揺の色と映った。無用のことを喋った——という悔いが窪村の横顔に浮かんでいた。

「ところで先生は、野森恒子さんという名前をご記憶ですか?」

「野森?……いや、何だね、それは?」

　窪村の視線は窓を向いている。

「有耶無耶の関の被害者ですが」

「ああ、そういう名前でしたかな」

「野森さんは、川崎町に来る前、福島県の勿来の関に立ち寄っているのです」

「ほう……」

　窪村は一瞬、それで?——という目を千田に向けた。

「たしか、先生も川崎町へ行かれる前に、勿来の関に行かれたのではなかったでしょうか?」

「いや、私は勿来の関には行きませんよ」

「勿来の関そのものでなくても、近くには行かれたでしょう。つまりその、いわき市の末の松山に……」

「…………」

　窪村の目に驚きの色が広がった。

「先生がいわきの末の松山を発見されたのはいつのことですか?」

「さあ、いつだったかな……いや、あそこの末の松山は多賀城のものと違って、たぶんに恣意《しい》的な伝承として設定されたものですからな、発見というほど大袈裟なものではないのです。それで私も、あえて正確な場所を特定しないままにしているくらいだ」

「そういえば、先生はいわきの末の松山の場所を、きちんと発表されていませんねえ。折角、発見していながら、どうしてなのだろうと、不思議に思っていました」

「ふーん……」

窪村は疑惑に満ちた目で、田舎刑事を見据えた。

「きみ、私の発見のことをどうして知っているのかね？」

「野森さんに聞いたのですよ」

「野森？……」

「有耶無耶の関で殺された女性です」

「ばかなことを言いたまえ」

「いいえ、聞いたというのは語弊がありますが、野森さんが家族に送った葉書の中に、そういう文面があったというのを、家族からまた聞きしたのです」

「…………」

「その時は何の気なしに見過ごしてしまったのですが、最近になって、いわきの末の松山についての論文など、まったく出ていないことに気づきましてね。これはいったいなぜなのだろうと……」

千田はじっと窪村の表情の変化を見つめながら言った。窪村はしかし、むしろ無表情の殻を作って、その中に閉じ籠もろうとしているように見えた。さすがに年輪を数えたしたたかさが、彼にはある。

「それはきみ、さっきも言ったように、いわきの末の松山など、話としては面白いが、まったく学術的な論拠に欠ける存在だからね、良識ある学者としては、発表などできるわけがないですよ。歌枕の末の松山は多賀城市にあるものと、ほぼ九分九厘、断定してよろしいでしょう」

「しかし先生、それならば、岩手県二戸の末の松山に関する論文を発表なさったのは、どういう理由によるものでありますか？　それも、ずいぶん感激した調子で書いておられるように拝読しましたが」

「それは……」

「岩手の山の中にあるなどというのは、ずいぶん無理な話だと思いますがなあ。それよか、いわきの海岸のほうがまだしも信じてもいいのではないでしょうか」

「……きみ」

窪村はふいに冷たい視線を千田刑事に向けた。

2

窪村教授の様子がその瞬間から一変した。それまでは、追い詰められているという、明らかな負い目のようなものが感じられたのが、ふいに居丈高な態度になった。

「きみは私の論文を読んだそうだが、いったいどこに書いたものを読んだのかね？」

「…………」

千田は動揺した。思いがけない窪村の反撃であった。怯《ひる》んだ瞬間、千田は「あっ——」と気がついた。「読んだ」のではなく「聞いた」のでなければならなかったのだ。

浅見は「ホテルの隣のテーブルで、熱心に岩手の『末の松山』の発見を話していましたよ」と言っていたのだ。それならば当然、学界かどこかの研究誌に発表しているにちがいない――という甘い観測があった。

「どうしたのかな？　私はたしかに岩手の末の松山について単独の論文を執筆はしているが、まだ活字で発表されてはいないのだ。印刷所でもゲラにはなっていない段階だよ。それなのにきみはいったい、どこで私の論文を読んだというのかね？」

「…………」

「どうも様子がおかしいと思っていたのだが」と、窪村はねばつくような目で千田の狼狽《ろうばい》を眺めて、言った。

「どうやら、これはきみ一人の発想じゃないね？　誰か背後で糸を引いている人間がいるのだろう？　そうだ、それに本来、刑事は二人連れで行動すべきものと聞いている。その点からいってもおかしいじゃないか。いったい誰の差しがねかね？　それより、きみはどこの署の人間かな、すまないが、名刺をいただこうか。まさか贋《にせ》刑事というわけじゃないのだろう？」

千田は仕方なく、名刺を渡した。

「多賀城警察署？……妙だね、ここは仙台北署の管轄でしょう。ここで発生した事件について、なぜ多賀城署の刑事さんが来なければならないのかな？」

「それは、うちの所轄で起きた暴行事件の関係者が、どうやらこちらの事件にも関与している可能性があると考えられたものでありまして」

「ふん……」

窪村は鼻の先で笑った。それから急ぐ様子でもなく、受話器を握って、手帳を見ながら外線の番号をプッシュした。

「あ、県警ですか？　私はS大学の窪村という者ですが、横山警備部長はおいでになりますか？」

待たされるあいだ、窪村は二度、千田に視線を送った。千田はいたたまれぬ思いであった。

「……あ横山さん、どうも先日は……いえいえこちらこそ……はあ、じつはですな、最近多賀城署管内でおきた暴力事犯の……」

千田は立ち上がった。

「自分はこれで失礼します」と言うと、窪村の「きみ、待ちたまえ」と制止する声を尻目に、ドアの外へ飛び出した。

（えらいことになるぞ——）という危機感が背中から迫ってくる。

エレベーターを出ると、ロビーに浅見がニコニコしながら待っていた。

「ご苦労さまでした、どうやらうまくいったみたいですね」

浅見は千田の労をねぎらった。手には灰皿と吸殻の入った茶封筒をぶら下げている。

「いや、それがどうも、うまくいったのはいいが、いささか行き過ぎてしまって……」

千田は青い顔をして、さっさと玄関へ向かった。

「どうしたんですか？」

浅見は呆れぎみに追随した。玄関を出て、ソアラのあるところまで来て、千田はやっと止まった。

「じつは……」と、窪村とのやり取りの一部始終を話すと、浅見は「あははは……」と屈託なく笑い出した。

「笑いごとではないですぞ」

千田は真剣に仏頂面をした。いまごろは横山警備部長からマル暴関係のセクションを通じて、多賀城署に連絡がいき、最近の暴力事犯に関する情報が逐一、県警へ報告されているだろう。

だいたい、千田はこのところ暴力事犯を取り扱ってはいないし、まして、仙台のホテルでの暴力事件と関連するような話はまったく存在しないのだ。

「これはえらいことになります」

千田は肩で息をついた。緊張がほぐれると、いっぺんで十も歳を取ったような気分がしてくる。

「大丈夫ですよ」と浅見は千田の肩を叩いて慰めた。

「もしかすると、窪村氏の電話はハッタリかもしれないじゃありませんか」

「いや、あれはハッタリなんかではなかったですな。たしかに県警本部の横山警備部長を知っている感じでした」

「かりにそうであったとしても、べつに問題ないじゃないですか。千田さんは職務に熱心だったということですから」

「浅見さん、あんた警察の内部事情について何も知らないもんで、そんな呑気《のんき》なことを言っていられるのです。たとえ正規の事件捜査であっても、管轄を越境して捜査するような場合には、一応、所轄署に仁義を切っておくのが常識というものでしてね、それをしなかった上に、第一、ありもしない事件をデッチ上げて、事情聴取の理由にしたなんてことが分かったら、これはもう越権行為もはなはだしい。あの先生が告発でもしたら、職権濫用罪で、モロに引っ掛かります」

「告発はしないでしょう」

「いや、告発はしないまでも、処分は覚悟しなければなりませんな。軽くて訓告か、下手すりゃ減給か……まあ、先は知れているのだから、そんなものは大したことはないが……それよりも、今後、刑事を外されるかもしれないです。それが怖い」

「心配しなくても大丈夫ですよ。それどころか、千田さんは二つの殺人事件について、コツコツと独自の捜査を行い、みごと、迷宮入り寸前の難事件を解決した――と、県警本部長賞……いや、警察庁長官賞か国家公安委員長賞をもらうことになりますよ」

千田は浅見の長身を見上げて、しばらく呆れ返っていたが、ついに笑い出した。

「ははは……あんたにはかないませんなあ。浅見さんの話を聞いていると、なんだか本当にそんなことが起こりそうな気になってくるから不思議だ。いや、分かりました、もうクヨクヨしたってしょうがないのですからな、腹をくくって成り行き任せにするとしましょうか」

「そうですよ、それでいいのですよ」

「それじゃ、とにかく鑑識へ急ぎましょうや。急がないと、手が回ってからでは、作業をやってもらうことも出来なくなるかもしれないですからな」

千田は浅見が開けてくれたドアの中に潜り込んだ。県警の科学捜査研究所に、昔、同僚だった矢島という男がいる。その男に、灰皿の指紋の検出と、吸殻についた唾液《だえき》から血液型を調べてくれるよう、頼んでおいた。

もっとも、矢島にはまさか、窪村教授の指紋や血液型だとは言っていない。

「浅見さんが言っていたように、窪村は指紋を検出するのではないかと疑っていましてね、ひょっとすると、鑑識のほうにストップがかかっているかもしれない」

　千田にしてみれば、その点がもっとも気掛りであった。

「そこまではしないでしょう。それをやれば、自分で自分の首を絞めることになりかねませんよ。潔白なら、何もそんなもの、気にする必要はないはずですから」

「そうだといいのですが……」

　千田は県警本部までのわずかな距離のあいだ、無意識に何度も背後を振り返った。

　県警に着くと、浅見を車に残して、千田一人が建物に入った。一般人の入館はいろいろうるさいことを言われそうだった。

　矢島は警察学校では千田より後輩だが、すでに階級が警部補に昇格している。しかし、昔と変わらず気のいい男だ。かつては千田と同様、刑事をしていたのだが、もともと科学的なことの好きな性質で、自ら熱心に希望して鑑識に転向させてもらったという経歴の持ち主である。

　矢島とは県警の玄関ホール脇で、人目を避けるようにして会うことになっていた。

　矢島の話では、指紋の採取はすぐに出来るが、血液型の結果が出るまではしばらくかかるということだった。でも、夕方までには結果が出るだろう――と言っていた。

　その矢島がいっこうに現れない。

　最初のうちは、急用が出来て、なかなか席を外せないでいるのだろう――と思っていたが、十分、二十分と経過すると、これは何かあったな――という不安がつのった。

　ポケットベルがしつこく鳴ったのを、千田はすべて無視した。懸念したとおり、窪村から県警警備部長への「通報」が、いち早く鑑識にも伝えられたのかもしれない。

間もなく三十分になろうとするとき、予測していない玄関の方角からふいに矢島が現れた。

大股《おおまた》にこっちに近づくと、「おい、何をやらかした？」と訊いた。

「上のほうからの通達で、あんたが鑑識に来たら報告しろということだ」

「そうか、やはりそうか……」

千田は暗澹《あんたん》として、「で、どうする？」と訊いた。

「どうするとは？」

「報告しないと、まずいんでないか」

「ばかなこと言うな。おれがあんたをサすわけねえだろ」

「…………」

千田は黙って頭を下げた。

「何があったのだ？」

「ちょっとばかし、勇み足かもしんねえが、しかしことによると大発見かもしんねえようなことをやっている」

「何だ、それは？」

矢島は呆れ顔で苦笑した。

「いったい何をやったのかしらんが、例の、指紋と吸殻は持って来たのか？」

「ああ持って来た」

千田は茶封筒を捧げ持ってみせて、「しかしもういい。あんたに迷惑がかかることは出来ない」

「迷惑？　そんなもの……いいからおれに任せろ。第一、おれはあんたと会っていないのだから、迷惑がかかるはずがない。いいな、おれはあんたと会っていないのだ。その線は一歩も譲らないでくれよ」

「ああ、もちろんだ」

「それが分かったらそいつをこっちに寄越して、さっさと消えたほうがいい」

千田は言われるまま、茶封筒を矢島警部補に手渡した。一緒に喫茶店のマッチを渡して「ここに連絡してくれ」と言った。

「わかった、一時間後ぐらいになるな」

矢島はクルリと後ろを向くと、挨拶も抜きで、来たときと同様の大股で立ち去って行った。

怒ったような背中を見ながら、千田はグッと込み上げるものを感じた。

3

その朝、伯父夫婦には「今日一日、松島でも見物して、明日帰ります」と挨拶して、理絵は東京の母親に電話した。

「ほんとにしょうがないわね、伯父さんに聞いたけど、あっちへ行ったりこっちへ行ったり、ちっとも落ち着いていないそうじゃないの。若い男の人と一緒だって？　その人、恋人か何かなのかい？　いったい、どこで何をしていたの？」

「ばかねえ、お父さんの事件のことで協力してくれている、ルポライターの人よ。だけど、あの人が恋人だったらいいけどなあ」

「ばかなこと言ってないで……なんだか知らないけど、川崎の温泉へ行ったたっていうの、ほんとなの？」

「やだなあ、川崎の温泉ていったたって、東京の隣の川崎みたいに、ヘンなところじゃないわよ」

「そんなこと分かってますよ。お父さんが有耶無耶の関へ行って……」

事件のことを思い出したのか、母親の声が一瞬、つまった。

「……景色のいいところだからって言ってたわね。そのときも一緒に行こうかって言ってくれたのだけど……いつもそう誘われて、だのに行かなかったわねえ。いま思うと、行っておけばよかったって……」

「母さん、ちょっと待って！」

理絵が大声でストップをかけた。

「ねえ、いつも誘われたって、いつごろ、どこへ行こうって？」

「だから、いつもよ。どこだったか忘れるくらいだわね。象潟《きさかた》にも誘われたし、山形の山寺にも、それから福島にも……」

「歌枕ばかりじゃない」

「ああ、そうだねえ、歌枕めぐりばかりしていたものねえ」

「じゃあ、勿来の関は？　勿来の関には行かなかった？」

「ああ、勿来の関も行ったみたいだわ。山の中の何もないところだったとか言ってた」

「それって、いつごろ？　勿来の関へ行ったのは」

「さあねえ、ずいぶん前だわねえ」

「思い出してよ、ねえ、いつよ、だめよ、思い出さなきゃ」

「そんなこと言ったって……」

「ねえ、十二年ぐらい前のことじゃない？」

「十二年？……ああ、そのくらいは前かもしれないけど……だけど憶えていないわね、そんな昔のこと……だけど、十二年前だとどうだっていうの？　なんでそんなに知りたがるのよ？」

「ん？　大したことじゃないけど、十二年前ごろ、私は中学生で、勿来の関のこと教科書に出ていたから」

「ふーん、そうなの……だけど、それがどうだっていうの？」

「ううん、何でもない。母さんには分からないことよ、じゃあね……」

理絵は急いで電話を切った。

十二年前、父の義昭がもし勿来の関へ行って、そこで野森恒子に会ったとしたら——窪村教授に会ったとしたら——。

そして三年三カ月前、父が川崎町の有郁無耶の関を訪れたとき、偶然、民俗資料館で窪村と会い、たまたま話を交わすチャンスに恵まれたとしたら——。

そういう可能性は、充分あり得ることだ。

「以前、どこかでお会いしたことがありませんかねえ……」

父はそう言ったのではないだろうか？

「……たしかにどこかで……あ、そうそう、勿来の関でお会いしましたね。そういえば、有耶無邪の関で殺された野森さんという人も一緒だった……」

そのときの父親の怪訝そうな表情や言葉つき、それに窪村の驚愕《きょうがく》にみちた目の動きまでが、理絵には見えるような気がした。

十年近い歳月が流れ、警察の捜査もすでに迷宮入りになってしまった過去のいまわしい出来事である。誰も知らないはずの、被害者と犯人の接点を、ちゃんと記憶している男が現れたと知ったとき、犯人はどう行動するだろう？

「末の松山を浪が越すところがあるのですがね、ご覧になりませんか?」

そういう悪魔の囁《ささや》きが理絵の耳に聞こえた。

〔末の松山浪越さじとは〕と歌われた、その末の松山を浪が越すという——。

「見たいですなあ」

父は——いや、父でなくたって、そんな風景があるのなら、ぜひ見たい気持ちになるだろう。

そして——。

理絵は浅見のいるホテルに電話した。昨日の気まずい別れを思うと、面映ゆい気もするけれど、この「発見」はぜひとも伝えておきたかった。

浅見は留守だった。フロントは「キーはお預かりしておりませんので、ホテル内においでかと思いますが」と言っている。

理絵はいても立ってもいられない気持ちで、伯父の家を出た。

ホテルに着いて館内電話で直接、浅見の部屋に電話したが、やはり留守だった。どうしようか——と思いめぐらせているとき、背後から声がかかった。

「やあ、えーと、朝倉さんでしたね」

振り向くと、浜田がにこやかな顔で立っていた。

「今日も浅見さんとデートですか?」

「いいえ、そうじゃないのですけど……」

「彼はさっき、男の人と一緒に出掛けて行きましたよ」

「えっ、ほんとですか? じゃあ、千田さんかしら?……」

理絵はつぶやいた。

「それでいかがでしたか、末の松山は見つかりましたか?」

浜田は小首をかしげるようにして、面白そうに訊いていた。

「ええ、見つかりました。昨日はあまり風も波もなかったのですけど、もし大きな波が寄せたりすれば、ほんとうに松山を浪が越えたように見えそうでした」

「そうでしょう、しかしそれはあくまでも視覚的な錯覚であって、波はやはり越えることはないのですよねえ。その越えそうで越えない、あぶなげな景色は、人間の不安定な心理――ことに恋心といったものに、一脈あい通ずるものがあると思いませんか。まさにそれは『契りきなかたみに袖《そで》をしぼりつつ』の末の松山は多賀城かもしれないけれど、ロマンとしてはね、いわきの松山も捨てがたいものがあるでしょう」

浜田は目を輝かせ、まるで少年のような無邪気さで得意気に話す。

「ええ、ほんとに行ってよかったです。とてもすばらしい発見ですよね」

理絵も浜田の稚気に感染したように、大きく頷いてから、訊いた。

「それなのに、窪村先生はそのこと、発表していらっしゃらないみたいですけど、どうしてなのでしょうか？」

「ああ、それはね、理由があるのです」

「え？　理由がある、のですか？」

理絵は驚いた。

「ええ、窪村先生は、私のために、私が学位論文を書くときのために、いわきの末の松山の発見を温めておいてくれているのです」

「まあ、そうだったんですか……でも、なぜそんなに？……」

「面倒見がいいか、ですか？　それにも理由がありましてね。つまりその、貸しというか借りというか……そういうことですよ」

浜田は満面に嬉しそうな笑みを浮かべた。

（貸し？――借り？――何を貸したり借りたりしたっていうのかしら？――）

理絵の頭はめまぐるしく回転した。

（浜田さんは、窪村教授の重大な秘密を握っているのではないだろうか？――）

それなら、貸しだとか借りだとか言っている意味が理解できる。

「あのォ、貸したって、何をお貸ししたのですか？　お金ですか？」

「え？　お金？　ははは、お金はよかったなあ、お金なら僕が借りたいくらいです」

「じゃあ、何なのですか？」

理絵は息づまるような気持ちで、浜田の顔にひたと視線を置いて、訊いた。

「それは……」と、浜田はがき大将のようないたずらっぽい目で見返して、「言えませんよ」と放り投げるように答え、

「ただ、あの先生は女にだらしがないですから」

と、つまらなそうに、そっぽを向いた。

4

矢島鑑識課員は、まず指紋を照合した結果を伝えてきた。

「同一人物のものと思ってよさそうだな。野森恒子のバッグに付着していたのは右手の拇指のものだ。先端の半分ほどがややズレていて不鮮明だが、一応、渦状紋であることは確かだ。灰皿のやつの

一つと、部分的にだが、きわめてよく似ているね」

「そうか、ありがとう」

千田は声が震えた。

「で、これは誰の指紋なのだ?」

「ん?　いや、もうちょっと待ってくれ、せめて吸殻の唾液から血液型が判明するまでは言えない」

「分かった。じゃあ、あと一時間ほどかかるからな」

矢島は電話の向こうで、笑っていた。

「指紋は一致したみたいですな」と、千田は浅見に報告した。浅見はニッコリ笑って、空っぽのコーヒーカップを目の位置まで捧げて、乾杯の真似ごとをした。

「まず第一関門を突破したっていうところですね。次は血液型ですか」

「あと一時間だそうです」

その一時間が長かった。千田は署に連絡しないままで動いている。浅見が「いいのですか?」と訊くのには、「ははは」と力なく笑ったが、内心は背筋の辺りがモゾモゾするような気分だ。あたかも指名手配された容疑者の心境といってもいい。

署に連絡するのが恐ろしい。県警の鑑識にまで連絡が行っているくらいだ、たぶん、署のほうにはいの一番に「手配」が回っているだろう。署長や刑事課長の、閻魔《えんま》大王のような顔が目に浮かぶ。（えらいことになった——）と思う。浅見の依頼に、こっちも乗り気になって手を貸したけれど、思いがけない展開になってきたものである。

ジャスト一時間待って、千田は矢島に電話をかけた。

「A型だな」

矢島はこっちの反応を窺《うかが》うように、短く言った。

「A型か、間違いないか」

「ああ、間違いなくA型だ。野森恒子の体内から採取した体液のものと一致するな。それも、AⅡ型に分類されるものだな。もう少し試料が多いとはっきりするのだが」

「………………」

礼を言おうと思いながら、千田は興奮のあまり声が出なかった。

「おい、いったい何者なのだ、こいつは?」

「い……言えない……」

「なんだ、さっきは言うって言っていたじゃないか」

「ああ、しかし、だんだん怖ろしくなってきた。まだ言えない」

「おい、しっかりしろよ、あんた、おかしいぞ少し。大丈夫なのか?」

「大丈夫だ、心配しなくてもいい。とにかく世話になった、いずれ今日か明日のうちには何かが起こるだろうな。そのときはよろしく頼むわ」

千田は受話器を置いた。矢島が呼びかけているのが聞こえたが、無視した。受話器がじっとり、冷たい汗で濡《ぬ》れていた。

「どうでした?」

浅見がテーブルの向こうから、腰を浮かせかげんにして、心配そうな顔をこっちに向けて言った。

「顔色が良くないですよ」

「血液型、A型だそうです。それも、同じAⅡ型というのに分類されるのだそうです」

千田はかろうじて言って、ドスッと椅子に尻を落とした。

「そうですか、ついにやりましたね」

浅見はそう言ったものの、千田の様子を見ているせいか、笑顔にはならなかった。

「怖ろしいことになってきましたなあ」

千田は弱々しく苦笑した。

「恐ろしい？　何を言っているんです、大殊勲じゃありませんか。さあ、署に戻って報告して、すぐに内偵にとりかかるか、捜査本部を再編成してください」

「捜査本部って……この私がですかい？……どうも、えらいことだなや……」

「千田さんしか、この情報を摑んでいる人はいないのですからね。堂々たるものです」

「堂々って……いや、なんだか違うんでないかっていう気がねえ……どこかで間違っているんでないかって、そういう気がしてなんねえのですよ」

「どうしたのですか？　指紋も血液型もほぼ一致したのでしょう？　これ以上、何が必要だっていうのですか？　あとは事情聴取をして……あはは、そんなこと、僕が言うべき筋合いのものではありませんよね。さあ、頑張って、最後の仕上げにかかってください」

浅見は立ち上がり、手を伸ばし、千田の肩を叩いた。

「そうしますかな」

千田は老人のように覇気のない恰好で、ノロノロと動いた。先に行く浅見がレジで金を払ったのに、礼を言うことさえ忘れてしまった。

5

署の連中は千田の顔を見ると、まるで死んだはずの人間に出会ったように、キョトンとした目になった。

「ああ、疲れた疲れた……」

千田は平然を装うために、大きな声で言いながら受付の前を通り過ぎ、階段を上がり、刑事課の部屋に入った。その間、ずっといくつもの視線が全身に突き刺さっているのを感じた。

「おい、きみ、どこへ行っていたんだ？」

刑事課長がいきなり怒鳴った。署長や、あるいはもっと上のほうから、よほどせっつかれたにちがいない。

「何度ポケベルで呼んでも、ぜんぜん応答しないで、いったいどうなっているんだ？」

「は？　ほんとうですか？　おかしいな、まったく鳴りませんでしたが……故障でしょうかねえ」

「とぼけるのもいい加減にしろよ、とにかく一緒に来てくれんか」

顎をしゃくっておいて、さっさと部屋を出た。

部下の刑事が「センチョー、どうしたんですか？　署長がえらい勢いで怒りまくっておりましたが」と、心配そうに言った。

「さあさあ、何のことかなや？」

ドアが開いて、課長が真っ赤な顔を突っ込んだ。

「何をしてるんだ、早く来いや」

千田は肩を竦《すく》めてみせてから、課長のあとを追った。階段を下り、署長室のドアの前に立つころには、覚悟が出来ていた。浅見が言ったように、何もかも話そう。そうして、県警本部長賞をもらうんだ——と自分の胸に言い聞かせた。

署長はむろん機嫌が悪かった。県警の横山警備部長自ら電話してきて、千田部長刑事の越権行為を糾弾せよと命じたそうだ。

「自分で何をやったか、分かっているんだろうな」

　刑事課長ほどきつい声は出さないが、署長の叱《しっ》責《せき》は陰に籠もって骨身にしみる。署長にしてみても、あと二年で退官する土壇場になって、厄介なことをやらかしてくれた部下にうんざりしているにちがいない。

　千田は大きく息を吸い込んでから、思いきって言った。最初のほうは声が上擦った。

「じつは……じつは、末の松山殺人事件の容疑者を発見したのであります」

「はあ？……」

　署長は何か悪い夢でも見たような顔をして訊き返した。

「何だって？」

　千田はもう一度、同じことを繰り返した。

「どうなっているんだ？」

　署長は刑事課長を振り返って、自分が大きな勘違いをしているのではないか——と問い掛ける目をした。

「千田君、きみはS大学教授の窪村さんのところに行って、暴力事件の捜査と称して指紋を採取したそうじゃないか」

　刑事課長は、頼り無い署長の非力をカバーするように、評論家のような口調で言った。

「しかも、どうやら血液型を確認するつもりらしく、吸殻まで持っていったということだが、違うのかね？」

「そのとおりです。たしかに自分は暴力事犯を名目にして、窪村氏の指紋ならびに血液型を調べようとしました」

　千田は悪びれずに言った。署長と課長は顔を見合わせた。何かの間違いであって欲しいと願ったのも虚しく、ことは最悪の事態へと進展したのだ。

「しかし、それには事情があります。いまも申しましたように、末の松山殺人事件捜査のために、ぜひとも必要だと考えたからなのであります」

「誰が考えたのかね」

刑事課長は鼻白むどころか、悪酔いでもしたように顔面そのものが青白くなった。

「誰が考え、誰が指示して、そんな無謀なことをしでかしたのかね?」

「自分の一存でやりました」

「きみの一存だと? 何の権限があってそんなことをしたのかね? 自分のしたことの重大さが分かっているのかい?」

「分かっております。しかしながら、本事件の実質的な専従は自分一人でありまして、ことと次第によっては、臨機応変の措置もまた必要かと考えての行動であります。それが捜査規範に違反したとあれば、潔く処分を頂戴しますが、その前に、自分の話も聞いていただきたいのでありますが」

二人の幹部は顔を見合わせた。こうまで開き直られては言うことがなかった。

「分かった、それじゃ、処分は処分として、きみの言い分というのを聞いてみようじゃないか」

署長が仕方なさそうに言った。それから長い時間をかけて、千田は窪村孝義に対して行った「捜査」の成果について説明した。ただし、県警鑑識課の矢島の協力によったことだけは、口が裂けても言わないつもりだ。

「指紋はほぼ一致し、血液型も概ね同一のものと考えられます。ここまで明らかになった以上、同人に対する本格的な捜査を実施すべきかと考えるのでありますが」

さすがにこの事実を前にしては、署長も課長も、単純に叱り飛ばせばいいというわけにはいかなくなった。

「というと、つまりきみは、十二年前の川崎町の事件も、また三年三ヵ月前の末の松山の殺人事件も、窪村教授によるものだと考えるわけだね？」

署長はまだ弱腰のままでいたい気配だったが、刑事課長は踏ん切りがついたように、「よし、分かった」と立ち上がった。

「署長、一応こういう事情について県警に報告した上で、窪村氏の当日のアリバイについて確認を取ってもらうようにしたいと思うのですが、いかがでしょうか。指紋と血液型まで一致したとなると、かりに窪村氏が犯人でないとしても、事情聴取の対象にはなると考えてよろしいかと……」

「うーん……そうだな、いいのだろうね。それにあれだ、もしものことがあれば、これはわが署の――ひいては本官自身の名誉にもなることだしな」

署長の考えることは、すべて自分の老後のことに結びついているらしい。

刑事課長は千田に自宅謹慎を命じておいて、県警の上層部に事実関係を報告し、善処方を委任した。これには県警のほうも驚いたにちがいない。指紋と血液型――これにアリバイとくると、三種の神器が揃う、その二つまでがあったのだから、いくら警備部長の肝入りとはいえ、一応の対処がなされなければ収まらない。

だが、最後のアリバイのところで、意外な結果が待っていた。末の松山殺人事件の当日、窪村教授は講演会が終わったあと、川崎町社会教育課が主催した懇話会に出席、夕刻から九時ごろまで、三十人を越す町民と膝突き合わせて、飲み食いをしながらの懇話を行なっていたのである。むろん、多賀城市の末の松山に往復する時間的余裕など、まったくあり得ない。

しかも、そのことは、なんと、多賀城署の同事件捜査本部——つまり、千田自身が参加している——の過去の捜査で、川崎町の関係者のアリバイ調べを行なっていた際、その対象の多くが窪村の懇話会に参加していたことが立証されたという、その事実によってすでに窪村本人のアリバイ自体が証明されていたことによるものであった。

「ばかばかしい……」

署長はそのことを知って、ガックリした。刑事課長も同様、その当時は多賀城署に着任する前だったし、千田ナニガシなどという、疫病神と知り合う以前のことだ。いわば、とんだ災難が降りかかったものである。

自宅に待機していた千田は多賀城署に呼び出され、署長と刑事課長の口から、それらのことを知らされた。

千田は（あっ——）と思った。たしかにそういうことがあった。川崎町の文学愛好者が何十人か、何やらいう懇話会に出席していてアリバイがあることが分かったというのだった。しかし、その中心人物の名前など、ぜんぜん記憶に残っていなかった。それが窪村教授だったとは——。

それでも千田は最後の抵抗を試みた。

「十二年前の川崎町の事件の際のアリバイはどうなのでしょうか？　それに、指紋と血液型は……」

必死の抗弁であった。

「いいだろう、指紋と血液型のデータはどこにあるのかね。出してみたまえ」

　刑事課長は怒りで震えながら、押し殺した声を出した。

　千田ははたと当惑した、矢島までを同罪に貶《おとし》めることはできない。それに、矢島は完全に一致した――とは言っていないのだ。「同一人物と思われる」とは言っているが、指紋は渦状紋の一部が採取できただけで、「きわめてよく似ている――」という表現だったし、血液型の類似も、科学的にどこまでものをいうかは定かではない。

「だいたい、きみの仮説によれば、末の松山事件は十二年前の有耶無耶の関の殺しを隠蔽《いんぺい》するための事件だということだろう。逆に言えば、末の松山事件の犯人でない以上、有耶無耶の関の犯人でもないということになるじゃないか」


　刑事課長は居丈高に、千田の頭の上で声を張り上げた。千田は丸い少し猫背ぎみの背中がいっそう丸くなるような気がした。

第七章　名こそ流れて

1

窪村教授に何かしら負い目がある——という浜田助手の話は、理絵にとって大きな収穫であった。つまり、浜田はその尻尾《しっぽ》を摑んでいるということらしい。自分の研究の成果を浜田の博士論文のために提供しようかというほどの、重大な「借り」なのだそうだ。

（何なのかしら？——）

理絵は「借り」の正体と「事件」との結びつきを想像しないわけにいかなかった。浜田なら窪村の秘密を知っていて当然だ。教授と助手という関係は、社長と秘書の関係に似ている。助手は教授の公私にわたる秘密の部分を知る機会が多いはずだ。

そして、貸し借りが生まれる——。

理絵が考え込んでしまったのをいいことに、浜田はじっと理絵の顔に見惚《みと》れていた。

「あ、そうか……」

浜田がふいに叫ぶように言ったので、理絵は呪《じゅ》縛《ばく》から解かれたように、浜田の顔を見た。

「朝倉理絵さんという名前、どこかで聞いたことがあるような気がしたが、そうか、あなたはたしか、東京都のカルタの女王じゃありませんか？」

「ええ、そうです」

理絵は少し照れて、しかし誇らしげに胸を張った。

「やっぱりそうですか、いやあ女王様にお目にかかれるとは、これは光栄ですねえ。新聞の写真だと、たしか袴《はかま》姿でしたっけ。ぜんぜん雰囲気が違うので、気がつかなかったが、いやあ、こうしてみると、ふつうの美しいお嬢さまなんですねえ」

美しいの上に「お嬢さま」と言われて、理絵は真っ赤になった。

「今度、ぜひ一度お手合わせ願いたいですねえ」

「じゃあ浜田先生もカルタを？」

「ええ、うちは父が学者だったものだから、正月になると弟子たちが集まってきて、盛大なカルタ会をやったのですよ。父が死んでからはすっかり下火になりましたけどね。しかし、来年の冬はぜひあなたをお招きして……いや、そうなると、あなたのファンがどっと押し寄せてきて、わが家では入りきれなくなりそうですねえ」

「まさか……」

理絵は笑ってしまった。久し振りに屈託なく笑えた。浜田にはそういう、人の気持ちを和ませる天性のようなものが備わっているにちがいない。

（あの人には、こういうところが欠けているのよねえ――）

理絵は浅見と比較して思った。浅見の頭の良さや感性の豊かさ、繊細さは認めないわけにいかないけれど、この浜田のようなゆったりした大きさや、物にこだわらない開けっ広げなところは、浅見にはない。

（女は繊細な優しさも欲しいけれど、時にはこういう大きさで包んでもらいたいものなのだわ――）

「どうかしましたか？」

浜田は笑顔に少し懸念をにじませて、訊いた。

「いえ、何でもないんです。そろそろ東京へ帰らなければいけないものですから、ちょっと憂鬱だなあって……」

「そうですか、お帰りですか、それは残念ですねえ。私はこれから秋保《あきう》の大滝《おおたき》を見に行ってこようと思っているところです」

「秋保の大滝——ですか」

「ご存じないですか。那智《なち》の滝、華厳《けごん》の滝とならぶ、日本三大名瀑の一つなのですがね。ことしは雪が少ないので、こんな格好でも大丈夫だそうです。行楽シーズンは人が邪魔だが、いまどき行く物好きは滅多にいませんからね。いつも俗塵にまみれている者としては、たまに清冽《せいれつ》の気に浸ってくるのもいいものです」

「いいですねえ……」

理絵もお世辞でなく、そう思った。

「いかがです、あなたもいらっしゃいませんか」

「でも、お邪魔じゃないんですか?」

「なに、邪魔も何も、レンタカーの料金は一人で行くのも二人で行くのも同じですから。行きましょう行きましょう」

浜田は陽気に煽った。気兼ねも何も吹っ飛んでしまい、フワッと乗せられるような暖かい雰囲気だった。

「じゃあ、ちょっと電話してきます」

最後の義理を果たすようなつもりで、理絵は浅見の部屋に電話を入れた。しかし依然として浅見は留守だった。ちょうど千田と浅見が、県警庁舎近くの喫茶店を出て、千田は多賀城署へ、浅見はホテルに引き揚げようとしているところなのだが、理絵がそれを知るよしもない。

理絵は受話器を置いた。少し後ろめたい気持ちもなくはなかった。しかし、すぐに思い返した。秋保までは往復二時間程度だろう。そのころには浅見も帰ってきているにちがいない。フロントの話では、もう一泊するようなことを言っていた。

（私は私、彼は彼——）

それでも理絵はフロントに伝言だけは入れておいた。

喫茶ルームに理絵が戻るのを待っていたように、浜田は腰を上げた。

秋保温泉は仙台の奥座敷として有名なところだ。仙台市内からわずか三十分ばかりで、深山幽谷の気配さえ漂う峡谷を見ることができる。ことに秋の紅葉のみごとさで知られている。

浜田が言ったように、雪はほんとうに少なかった。子供のころから雪に親しんできた理絵の目には、こんなことで地球は大丈夫なのだろうか？——と心配なほどだ。

それにしても、たしかに行楽客の姿はごくまれだ。秋保温泉までは、それでも観光バスが何台か入って行ったが、温泉街を過ぎるといよいよ人影はまばらになった。

この辺りから雪も増えてくる。道路の除雪状態はいいが、左右の森の木々は雪化粧しているし、遠くの山々は真っ白だ。

理絵は心細くなった。ひどく無謀なことをしているような気分が、しだいにつのってきた。

対照的に浜田は陽気だ。人の気をそらさないお喋りも上手い。それがなければ、理絵はとっくに帰りたくなっていただろう。

大滝の集落までは問題なく行けたが、そこから先——ことに大滝不動尊から大滝が落ちる渓谷までは、軽装では無理らしい。ドライブインのおばさんが理絵の恰好を見て、「それだば無理だなや」と言った。

せめてブーツでも履いてくればよかったのだが、理絵はむしろだめでほっとした気分でもあった。

「残念だが、諦めましょうね」

浜田はまったくこだわらない性格らしい。あっさり言って、おばさんにこの辺の名物である団子型のこんにゃくのおでんを注文している。「雪が少なくて、あんべえいいなや」などと、土地訛《なまり》でおばさんに話しかけたり、まったく屈託することがない。

理絵も浜田の真似をして、フーフー言いながらあつあつのこんにゃくを頬張った。シコシコしたところにおつゆの味が染み込んで、なかなかおいしい。

「どうです、うまいでしょう」

浜田は目で笑いかけて、そのままの表情でいきなり、「浅見さんとはどういうご関係ですか?」と訊いた。

「えっ……」

理絵は不意を衝かれて、あぶなくこんにゃくを飲み込みそうになった。

「恋人とも思えないし、ただの友達というわけではないでしょう? いったいどういう間柄かな、と思ったものだから……いや、しかし、野暮な質問ですかね」

「そんなことありません。浅見さんとは最近知り合ったばかりの友人……というより、同志かしら……」

「同志? というと、歌枕の研究をする同志ということでしょうか? まさか過激派ではないでしょうね？」

「ちがいますよ」

理絵は笑ったが、これ以上は説明するわけにいかない。

「しかし、浅見さんも独身だし、あなたも当然そうでしょうし、となると無関心ではいられませんねえ」

「あら、先生もお独りなんですか？」

「こんなオジンがとお思いでしょう。ははは、そのとおりだから反論もできませんけどね。しかし、べつに独身主義を標榜しているわけではないのですよ。ただ、助教授になるまでは――みたいな、妙な宣言をしてしまったものだから、いまさら引っ込みがつかなくなっているだけのことです」

「でも、もうじき助教授におなりになるのでしょう？」

「ええ、どうやらやっとこですね。その節はいかがでしょうか、結婚していただけませんか」

「えーっ……」

理絵はびっくりして、椅子の背に思いっきりのけ反《ぞ》った。瞬間、どういうわけなのだろう、浅見の面影が胸裏をかすめた。

2

千田部長刑事と別れてホテルに戻った浅見に、フロント係が理絵の伝言を渡した。

――浜田さんと秋保の滝を見に行きます。あとでお寄りします。

呑気《のんき》なものだ――と、浅見は少し気分を害した。自分の父親の事件で、浅見はともかく、千田が進退をかけて働いているときに、滝見物でもないだろうに――と思う。

しかし、その不愉快の原因には、多少のジェラシーも関係しているのに気づいて、われ知らず苦笑した。

理絵とずっと行動をともにしていて、浅見の胸に、理絵に対する特別な想いが湧かないはずはない。それを何もないかのごとくに装っているのは、浅見の理性――というより、むしろ臆病のせいである。浅見が親しくしている推理作家に言わせると、「お前さんは煩悩《ぼんのう》に汚れなければ、いつまで経っても一人前にはなれないよ」ということなのだそうだ。もっとも、そう言っているご当人も、浅見に輪をかけた臆病者だから、説得力のない説教なのだが……。

「煩悩か……」

浅見は目を閉じて呟いた。理絵の面影がふっと瞼《まぶた》をよぎる。その背後に人の好さそうな浜田の顔があった。とたんに、また平静ではいられなくなった。

苛立《いらだ》たしい気分には、時計の針の進みは遅く感じられる。それでも、遅い昼食を済ませて部屋に戻ると三時になろうとしていた。

あれから四時間近くを経過するのに、千田からの連絡はまだ入っていない。フロントに確認したが、外部からの連絡は何もないそうだ。

千田はどうしているのか――それに、理絵は――と、浅見の気持ちは波立ち騒ぐ。

電話のベルが鳴った。浅見は逸る気持ちを抑えて、ベルを四度聞いてから受話器を取った。

「もしもし」という声は理絵のものであった。

「朝倉ですけど」

「やあ、どうも、浅見です。もう東京へ帰ったのかと思ってました」

「やっぱり……」と理絵は溜め息のように言った。

「浅見さん、怒ってるんですね？」

「怒ってる？　どうして？」

「昨日、ずいぶんひどいことを言いましたから、きっと浅見さん、怒ってるって、そう思ったんです」

「あんなことはもういいんです、怒ってなんかいませんよ」

「いいえ怒ってます、きっと。東京へ帰ったのだろうなんて、冷たいことおっしゃって……あんな勝手なことを言って、生意気な女だと思っているんでしょう？　あのときはほんとにごめんなさい、すみませんでした」

「気にしていませんよ。もう過ぎたことですから」

「ほら、まだ怒ってます。だって、過ぎてなんかいませんもの。父を殺した犯人が分かるまでは、事件は終わりませんもの」

「難しいひとだな、あなたは」

浅見は苦笑して、電話の向こうにもかすかに聞こえる程度の笑い声を送った。

「ところで、秋保へ行ったのだそうですね。いまは秋保からですか？」

「いいえ、秋保からはしばらく前に戻ってきました。さっきホテルに寄って、お部屋に電話したのですけど、まだ戻っていらっしゃらないみたいでした」

「じゃあ、食事に行っているときですよ」

「そうだったのですか。だったらお待ちすればよかった……でも、ひょっとすると、千田さんとお二人で、どこかへ行かれたのじゃないかと思って、それで、こっちに来てしまったんです」

「こっち、とは、どこですか？」

「いまF大学に来ているんです」

理絵ははずんだ声になった。

「大学――というと、浜田さんと一緒？」

「ええ、そうなんです。浜田さんから歌枕の話を聞きながら、それとなく、窪村教授のことをいろいろ探ってみようと思っているんです」

「そう……しかし、なんだか危険な感じがしますね。いいかげんにして、引き揚げたほうがいいんじゃないですか」

「大丈夫ですよ。浜田さんて、いい人。さっきね、いきなり……」

言いかけて、理絵は「ふふふ」と笑ったきり、あとを濁した。

「いきなり、どうしたんですか？」

「いいんです、大したことじゃありません。それより、浅見さんにお話ししたいことがあるんです。ちょっと面白いことに気づいたものだから」

「何ですか？」

「父がなぜ殺されたかっていうこと、つまり動機っていうのかしら、それが分かったような気がするのです」

「ほう、どういう動機ですか？」

「やっぱり五千円札が関係していたのじゃないかって。窪村教授が五千円札の新渡戸稲造に似ていることが、父の運命を決定したのじゃないかしらって、そう思ったのです」

「………」

「もしもし、聞いてくださってる？」

浅見が黙りこくったので、理絵は不安そうに訊いた。

「ええ、聞いてますよ。面白そうだなと感心しているところです」

「そんな……でも、ばかにしてもいいから聞いてくださいね。それで、思ったのですけど、父は十二年前に勿来の関に行ったとき、野森恒子さんにも、それから窪村教授にも会っていたのだと思うんです。母に聞いたところによると、十二年前ごろ、たしかに父は勿来の関に行ったことがあるって言ってました。それで、三年三カ月前のあの事件の日、川崎町へ行って、そこでまた、偶然、窪村教授に会って、声をかけたのじゃないかって、そう思ったんです」

「なるほど」

「それで、父はきっとこう言ったのじゃないかと思うのです。『以前、どこかでお会いしませんでしたか？』って」

「…………」

「どう思いますか？　あまり感心していないのでしょう？」

「まあ、正直なところ、十年近い昔――正確に言うと八年ちょっと前ですか――そんな昔に、たった一度だけ出会った顔を憶えているというのは、ちょっと無理かなと思っていますよ。しかし、お父さんが錯覚してそうおっしゃった可能性ならあるかもしれません。たとえば、五千円札の新渡戸さんの顔と錯覚してそう言ったとか……」

「あ、狡《ずる》い……」

　理絵は悲鳴のような声で言った。言ってから、急に声をひそめて、「それじゃあ、そのこと、浅見さんも分かっていたんですか？」と訊いた。

「いえ、じつはたったいま、あなたが電話でお喋りしているのを聞いていて、あ、そういうことだったのかなって思ったところです。ほんとうにみごとな推理です」

「ほんとですか？　ほんとにそう思ってくれるんですか？　だったら、この先の推理も聞いてくださいね」

「ええ、もちろんですよ」

「それでね、私は窪村教授の立場に立って考えてみたんです。もし八年も昔、殺人を犯した日に会った人間から、どこかで会ったって言われたらって。つまり、父にはそんなつもりも、記憶もなかったのに、窪村教授のほうには父と会った記憶があったとしたら、そしていきなり、昔どこかで会いましたねって言われたら、ギョッとして、放ってはおけないって思ったにちがいないですよね。それで、父が完全に事件と窪村教授との関連に気づく前に殺してしまおうと……」


さすがに、そこまで来ると、理絵の声は威勢が悪くなった。

「どうですか、変ですか、こんなこと考えるの？」

「いや、変どころか、すばらしい着想だと思いますよ。僕もそう思います。これまでに指紋も血液型も犯行の状況も、ある程度、解明出来たのに、肝心の動機がはっきりしなかったのだけれど、これですべての条件が整ったといってもよさそうですね」

「でしょう？　そう思うでしょう？　ああよかった、浅見さんに認めてもらえて、ほっとしました」

「それはともかく、そこは窪村教授の部屋なのでしょう？　呆れた人だなあ、そんなところから電話なんかしてきて、もし聴かれたらどうするつももりですか？　危険きわまりないじゃないですか」

「大丈夫ですよ、電話はロビーの公衆電話を使っているのですから。それに、ここには学生が大勢いるし、浅見さんだっていますからね、そんな無茶なことは出来ませんよ」

「それはそうでしょうけどね……しかし、なるべく早いとこ引き揚げたほうがいいな。なんとなくそんな気がしますよ」

浅見は心底、そう思って言った。それは説明のつかない、浅見一流の勘のようなものであった。

3

時刻は午後五時になった。ずっとホテルの部屋にいて、千田からの「朗報」を待ちつづけている浅見は、しだいに不安がつのってきた。

これはただごとではない。何か「事故」があったとしか考えられない。いや交通事故のたぐいなら、千田夫人から何か連絡がありそうなものだ。もっとも可能性が強いのは、千田が言っていたように、警察部内で彼が難しい立場に立たされたことだ。

しかし、指紋と血液型という新しい証拠を二つも発見した千田が、どういう理由にもせよ、上司に責められるような状況があるものだろうか？　そこがどうしても、浅見には想像することができなかった。

浅見はついに我慢しきれなくなって、千田の自宅に電話を入れた。

「あの、主人は警察に行きましたけど」

「警察へ行かれた……というと、いったんお帰りになったのですか？」

「ええ、いったん帰ってきたのですけんど、それからまた呼び出されて行きました」

「呼び出された……」

「そうです、署長さんからじきじきに電話があって、出掛けたっきり、まだ戻って来ないのですけれど」

千田夫人の不安そうな声が気になった。

「何かあったのでしょうか？」

浅見は訊いた。

「は？　あの、何かって、何でしょうか？」

夫人はいっそう不安をつのらせたらしい。これは下手なことは言えないな――と浅見は反省した。

「いえ、千田さんは事件の真相を摑んだ様子でしたから、きっと忙しくなられたのじゃないかと思います」

そう言って電話を切った。


浅見は受話器を置くと意味もなく立ち上がった。窓辺に寄って夕闇迫る街を見下ろした。いつのまにかビルの灯がともり、仙台の街は夜の化粧を急いでいた。

浅見は千田の孤独な闘いを想像した。これまで音沙汰《おとさた》がないということは、電話連絡もままならないような状況に陥っているにちがいない。千田のことだから、浅見のことはもちろん、矢島という鑑識の人間の名前も出さずに、すべて自分一人で責任を負うつもりなのだろう。

それにしても、浅見や千田の判断のどこが間違っていたのだろう？――浅見には何一つとして思い当たるものがなかった。

指紋、血液型、それに動機まで揃えば、すべてうまくゆくはずだ。

それにも拘わらず事態が悪い方向に向かうとし

たら……。

（アリバイか——）

浅見は愕然《がくぜん》と気づいた。

あらゆる根拠を覆す効力を発揮するものがあるとすれば、それはアリバイ以外にはない——と思った。窪村にはアリバイがあったのだ。それが千田を窮地に落とし込んだにちがいない。おまけに、持ち込んだ血液型や指紋が出所不明だとなると、千田の立場は難しいはずである。

浅見はブルゾンを摑み、スリッパを靴《くつ》に履き替えると、部屋を飛び出した。

多賀城署の窓という窓にはあかあかと明かりがともり、千田救出に意気込んでやって来た浅見も、たじろぐものがあった。

受付に行って、制服姿の女子職員におそるおそる訊いてみた。

「千田さんにお目にかかりたいのですが」

「はい、どちらさまでしょうか？」

「浅見という者ですが」

しばらく待たされてから、千田でなく、中年の私服がやって来た。

「千田はいま会議中ですが、ご用件は？」

「いえ、お忙しいのなら出直して……」

浅見は言いかけて、思い直した。

「失礼ですが、捜査係長さんですか？」

当てずっぽうで言った。たぶんこの雰囲気は警部補だと思った。

「ん？　ああ、そうですが……」

案の定、相手はやや度胆を抜かれたように頷いた。

「でしたら千田さんにお伝えください。末の松山の事件のことで、ちょっとお話ししたいことがあるというふうに」

「なに……」

警部補は眉根《まゆね》を寄せ、周囲を見回した。

「ちょっとすみませんが、こっちに来てくれませんか」

浅見は警部補のあとから、黙ってついて行った。階段を上がって、二階の刑事課の部屋を素通りして、取調室へ入った。この「歓迎」ぶりからいうと、どうやら浅見の悪い予想は当たったようだ。

警部補は誰かを呼びに行ったので、ひょっとしたら——と期待したが、現れたのは若い刑事だった。警部補が訊問して、刑事がメモを取るというスタイルらしい。

「自分は多賀城署刑事課捜査係長の北野警部補ですが、おたくさんの住所氏名等を教えていただけませんか」

北野警部補は型通りの訊問を始めた。

浅見は例によって、肩書のない名刺を出した。ついでに免許証を見せてくれというので、そうした。若い刑事が照合のために取調室を出て行った。

「ところで、千田君にどういうことを伝えたかったのですか？」

警部補はまずそう訊いた。浅見はどう答えようか迷ったが、もはや回りくどいことは抜きにしようと思った。

「たぶん、千田さんはアリバイのことで困っているのではないかと思うのですが。どういう事情なのか、教えていただきたいと、そうお伝えください」

「何ですと？……」

警部補は腰を浮かせた。

「おたく……えーと、浅見さん、あんたどうしてそんなこと――つまり、アリバイがどうしたとかいうことを知っているのです？」

「いえ、知っているわけではありませんが、たぶんそうじゃないかなと思っただけです。窪村氏について、犯行の動機もある程度は摑んでいますので、もしアリバイの点で問題があるのなら、何か解決の方法があるのではないか、考えてみたいのです」

「…………」

北野警部補は絶句した。

（こいつ、何者か？――）

という目で浅見を睨《にら》んだ。

そこに若い刑事が戻って来て、紙片に書いたものを警部補に見せた。免許証の番号から資料センターに問い合わせて、前科その他がないことを確認したのだろう。

刑事と入れ替わりに警部補が出て行った。しばらく戻って来ないところをみると、刑事課長や署長と対応策を講じているか、それとも、千田に事情を聴いているにちがいない。しかし、いずれにしても浅見は善意の民間人である。容疑者扱いはもちろん、無下《むげ》なあしらいをするわけにはいかないはずだ。

やがて戻って来た警部補は、浦山という刑事課長を伴っていた。浦山は名乗っただけで、傍観するつもりなのか、テーブルから少し離れて座った。一方の警部補は浅見の正面の椅子に座り、かたちを改めて言った。

「あなたの言いたいことは、つまり何なのですか？」

こっちの持ち札を探る言い方だ。浅見はしかし、もはや隠しておくつもりはなかった。

「末の松山の殺人死体遺棄事件の犯人は、S大学の窪村孝義教授だと思っているのです。そのための証拠を千田さんが持っているはずですが、僕のほうも動機の点で、新しい発見をしたので、そのことをお伝えしたいのです」

「なるほど。で、あなたと窪村さんとはどういう関係なのです？」

「直接関係はありません。ただ、僕の友人である朝倉理絵さんのお父さんが被害者の朝倉さんだというだけです。それで千田さんに協力していただいて、窪村氏が犯人であるという心証を固めました」

「ふーん……なかなか興味深いお話ですなあ。ひとつ、詳しくお話ししていただけませんか」

「いいですよ」

浅見は舌舐《したな》めずりして、話しだした。


「まず、事件の発端は十二年前の福島県勿来の関にあったのです……」

そこで窪村は野森恒子と会い、歌枕という共通の関心事について話しているうちに、打ち解け、親しくなった。十二年前といえば、窪村は四十四歳。教授になって間のない、昇竜のような勢いと若さに満ちた、魅力的なミドルエイジだったにちがいない。野森恒子は窪村教授を尊敬し、疑うことなどなかっただろう。

そして数日後、二人は川崎町で再会し、そのとき窪村は野森恒子に言い寄って拒絶され、暴行に及んだため、結果的に殺害することになった。

それから八年二カ月後、川崎町の催しに参加した窪村は、偶然、いつか勿来の関で会った朝倉義昭と顔を合わせる。実際には朝倉のほうは、どこかで会ったことがある程度にしか窪村を憶えていなかったのだが、窪村は野森恒子と一緒にいるところを朝倉に目撃されているので、ギョッとした。そこに、朝倉が話しかけて、「いつかお会いした」というようなことを言った。

　窪村は唯一の目撃証人になりうる朝倉を消さなければならないと考えた。朝倉もまた、歌枕の同好の士であることから、窪村は「末の松山を浪が越える」話をして、福島の「末の松山」に朝倉を誘い出し、そして不意を衝いて殺害した。

　以上が浅見の「推理」である。

「すでに、千田さんから指紋と血液型の一致についてはご報告があったと思います。唯一、不明だった動機の点についても、五千円札の仮説によって一応、説明できるものと考えるのですが」

　だが、浅見の熱弁にも拘わらず、刑事課長も捜査係長もニヤニヤ笑うばかりで、むしろ、当惑げでさえあった。

「あなたの探偵ごっこで、千田ほどのベテラン刑事が引きずり回されたのは、まことに遺憾でありますなあ」

　刑事課長は苦々しく言った。

「千田にしろあなたにしろ、もっと肝心な点で落第なのです」

「分かっていますよ」と、浅見も負けずに顔をしかめて言った。

「窪村氏にはアリバイがあるとおっしゃりたいのでしょう?」

「ほう、よく分かってるじゃないですか。まさにそのとおりです」

「ですから、そのアリバイなるものが、いったいどういうものなのか、それを教えていただきたいのです」

「というと、あなたは警察の調べたことが信用出来ないと言いたいわけですか」

「素直にいえば、そうなります」

「ふん、大した自信ですなあ。しかしね浅見さん、警察の調査は完璧《かんぺき》ですよ」

刑事課長は朝倉義昭が殺された事件当日の、窪村のアリバイについて説明した。

「その日は、川崎町民俗資料館の開設八周年記念行事の一環として窪村教授は町の文化研修センターで特別講演をされたのですよ。講演は午前と午後の二回、それぞれ一時間半程度の長さで行われたのだが、二回目の講演が終わったのは午後四時ごろ。しばらく休息した後、午後六時過ぎから町の人たちと夕食会。結局、午後九時ごろに散会して、その後は研修センター内にある宿泊施設の貴賓室に泊まられたということです。そういった状況については、役場の職員および記念講演の関係者や、それに、窪村教授にもっとも近い、浜田さんという大学の助手さんの証言でも明らかです。ことに、浜田さんは夕食後もずっと教授と行動をともにしていますからね、教授が研修センターから一歩も出ていないことは間違いのない事実ですよ。あ、そうそう、念のために言っておきますが、午後四時から六時までのあいだは浜田さんと一緒だったし、その間にいわき市まで往復することなど、絶対に無理ですからな」

そんなことは言われなくても、浅見自身がいわき市まで往復数時間もかかることを体験している。

要するに、窪村はその日の午前十時から午後九時ごろまでのあいだ、たとえばトイレに行くなどの、十分か二十分単位程度の空白はともかくとして、それ以外の時間については完全にアリバイが成立しているのであった。

　そのデータを見せられて、浅見は茫然《ぼうぜん》として言葉を失った。

4

　浅見への「訊問」が終結するのと、千田が解放されるのと、ほぼ同時であった。偶然そうなったというより、警察側は浅見なる人物の主張を一応聞いてから、千田の処置を決めたふしがある。だから、浅見の出現は、千田にとってむしろ災難の上塗りだったのかもしれない。

「すみませんでした」

　警察の玄関先を出たところで、浅見は千田に深々と頭を下げた。

「いや、いいんですよ」

　千田は笑ってみせたが、表情からは疲労感は拭えない。

「しかし、指紋と血液型が決め手になりえないというのは、納得がいかないのですが」

　浅見はまだ未練がましく、警察の明かりを振り返った。

「そうは言っても、指紋は部分しか取れてないし、血液型にしたって、AⅡ型が一致したというだけでは、同一人物のものかどうかは、軽々に断定できないものですからなあ。つまり、疑わしきものはシロだというわけでして」

「しかし、その逆だって考えられるでしょう。疑わしいものは疑わしいのです」

　浅見は苛立ちを抑えきれなかった。

「アリバイにしたって、何か方法があるのかもしれない、たとえば……」

しばらく模索して「あっ」と気がついた。

「浜田氏がやったという可能性はどうなのですかね？　朝倉さんが記憶していたのは窪村教授ではなく、浜田氏だった可能性もあります。いや、共犯関係ということもあり得る。あの教授と弟子は、浜田氏の父親の代から、もう何十年もの付き合いでしょう。一蓮托生《いちれんたくしょう》といっていい関係なんじゃないでしょうか」

「いや、それが必ずしもそうではないみたいですな。窪村教授と浜田助手は、表面的には仲がよさそうに見えて、実際にはかなりきびしい間柄だとかいう話を聞きました。役場の人間の話だそうですが、二人が喧嘩《けんか》しているのを垣間《かいま》見たというのです。その人の話によると、なんだか窪村教授のほうがペコペコしているように見えたつうことですがね。まあしかし、そのことはともかくとして、かりに共犯関係があっても、浜田さんもアリバイははっきりしていますよ。教授の講演の際にも、飲み水の手配だとか、楽屋裏でいろいろ気を使っていたそうですからね。それより何より、第一に浅見さん、あんたが言っていたような、末の松山を浪が越すところなんぞ、見に行く時間がないではないですか」

「うーん……」

浅見はまた絶句した。ぶつかっては放り投げられ、ぶつかっては放り投げられる、相撲の新弟子稽古《けいこ》のような情けなさだ。

「どうも、結局、末の松山を浪が越すのは、難しいみたいですねえ……」

ジョークまでもが、陰気くさい。

「ところで浅見さん、あの娘さんはどうしたのです？」

　千田が思い出したように言った。

「朝倉さんですか？　彼女はF大学に行きましたよ。浜田氏のところです」

「えっ……」

　千田は浅見の顔を見つめた。

「いいのですか？」

「いいも何も、ご本人は浜田氏の口から、窪村教授の実体を聞き出すと張り切っていましたよ。僕も危なっかしいなとは思ったのですが、こうなってみれば、何も心配することはないというわけですね」

「それだったら、彼女が浜田氏のところに行く意味もないってことでないですか？」

「そういうことですね、しかし、それ以外の目的もあるのかも知れませんよ。浜田氏は僕みたいな、ただの嫁《い》き遅れのオジンなんかと違って、魅力的なミドルエイジですから」

「何ということを……浅見さん、あんたそんな呑気なこと言って、それは本心から言っているのですか？」

「まあ、そんなに問い詰めないでください。僕は所詮、だめな男です」

　浅見は完全に意気消沈していた。千田を家まで送ると、寄って行けと言うのを断わって、悄然《しょうぜん》とホテルに引き揚げた。

　駐車場にソアラを置いて、ホテルの玄関に近づいたとき、回転ドアが開いてまず理絵が、そしてすぐ後から浜田が現れた。

「あら、浅見さん」

　ほとんど無邪気としか思えないような、はしゃいだ声で、理絵が呼び掛けた。浅見は複雑な想いで、「やあ」と手を上げた。

「これから浜田先生に伯父の家まで送っていただくんです」

「そうですか、それはよかった」

浅見は素っ気なく言った。理絵の目の中に、一瞬、雲のようなものがかかった。取返しのつかないことを言ったような悔いを、浅見は感じた。

「じゃあ」と、理絵はあっさり手を振り、浜田はまるで勝利者のような尊大さで会釈をして、駐車場のほうへ去って行った。

浅見は彼らの後ろ姿を見ずに、館内に入った。フロントでキーを受け取ったとき、視野の片隅で、窪村教授が喫茶ルームにスッと消えるのを見た。

浅見は大股で喫茶ルームに向かった。ボーイの案内を拒否して、窪村のテーブルに近づき、「ご一緒してよろしいでしょうか?」と言った。

「どうぞ」

窪村は暗い目で浅見を見上げ、頷いた。

二人の客はそれからはずっと黙って、べつべつにコーヒーを注文した。

二人ともゆっくりとコーヒーを啜《すす》った。どちらが長くこのテーブルにいるかを競うような、憂鬱ながまん較べであった。

それにしても、浅見には自分が執拗《しつよう》に意地を張ってこの席にいる理由が分かっているけれど、窪村がなぜ黙りこくっているのか、分からなかった。まさか、千田の「捜査」の背後に浅見がいたなど と、窪村が知っているはずはないのだ。

「失礼だが」と、窪村が口を開いた。

「あのお嬢さんは、あなたのご友人ではないのですかな?」

「は? ああ、さっき浜田さんと出て行った女性ですか? ええ、まあ友人といえば友人ですが

「……」

「しかし、それならば……」

窪村は非難するような目で浅見を見つめ、しきりに首を振った。

「どうも、近頃の若い人の考えは理解できませんな」

「彼女は朝倉さんというのです、朝倉理絵さん——末の松山で殺された朝倉義昭さんのお嬢さんですよ」

「なに……」

窪村は落ち着かない目の動きをしたが、すぐに立ち直って、「そうか、あんただったのか」と、皮肉な笑いを浮かべた。

「あの千田とかいう刑事の後ろには、あんたが参謀でいたというわけか。そうすると何かね、あのお嬢さんもあんたの仲間というわけかね？　彼女を使って、私を陥《おとしい》れようとしているわけかね？」

「陥れるというのは語弊があります。僕たちは真相を解明することだけが目的ですから、先生に何もないことが分かったら、それでもういいのです」

「ふん、それで、なにかあったのかね？」

「いえ、残念ながら」

「それはよかったね。しかし、それならばなぜ彼女は？……」

「彼女が浜田さんと付き合っているのは、もはや当初の目的とは関係ありません。ごく個人的な理由によるものと考えていいと思いますが」

「そうですか……」

窪村は吐息をついた。窪村の表情にも、千田が見せたのと同じような疲労感が滲《にじ》み出ていた。

5

九時のニュースが始まるのと同時に、理絵からの電話が入った。

「さっき、浜田さんにご馳走《ちそう》になっちゃいました」

のっけから、浅見の神経を逆撫《さかな》でするようなことを言った。

「それはよかったですね。こっちは窪村教授とコーヒーを飲んだきりです。ぜんぜん食欲がありませんよ」

「えーっ。窪村教授と？　どういうことですか、それって？」

「平和裡に幕を下ろしたというところでしょうかね」

「幕を下ろしたって……じゃあ、もうお終いなんですか？」

「そうですよ」

「どうしてですか？　私は明日も浜田さんと会って、教授のこと、問いただすつもりでいるのに」

「浜田さんと会う理由に、窪村教授をダシに使う必要はありません」

「…………」

浅見の悪意に満ちた言い方に、理絵は沈黙してしまった。浅見自身、自分を呪《のろ》い殺したいほどの自己嫌悪に陥っているのだ。

「窪村氏にはアリバイがあったそうです。僕たちが描いた犯罪の構図は、まったくの絵空事だったというわけです」

「そう、そうだったんですか……」

声の大きさには変化がなかったが、理絵の気持ちが、受話器のはるか向こうにフッと遠のくのを、浅見は感じた。

「明日の朝、僕は東京へ引き揚げます。あなたはどうぞ、ゆっくり仙台の冬を楽しんで帰ってください」

「ええ、そうさせていただきます」

紋切り型に言って、ほとんど二人同時に電話を切った。

（女は分からない――）と浅見は思った。そして（おまえはもっと分からない――）と自分自身を罵《ののし》った。あの作家の言うとおり、煩悩に汚れるのを恐れているうちは、女心を理解しようなどとは、おこがましいのかもしれない。

「あーあ、帰ろ帰ろ……」

ベッドに引っ繰り返って、天井に向かって悪態をつくように言った。テレビのニュースは相変わらず、新税の問題と汚職事件とに時間を費やしていた。それを見るともなしに見ているところに、電話が鳴った。

千田だった。

「浅見さんも、だいぶ参ったみたいですな」

冷やかすように言った。

「ええ、正直いやになりました。いったい何をしに来たのか、虚しい気持ちですよ」

「だからって、女に当たることはないでしょうが、なす？」

東北弁で冗談めかして言っている。

「彼女、朝倉理絵さん、電話で泣きそうな声を出していたっけがな」

「どうしてですか？」

「どうしてだか……浅見さんがなんだか怒ってるみてえだとか言ってたが、ほんとうのところは、彼女自身、分かんねえんでねえすべかな。女心とはそうしたもんだす」

「僕にどうしろとおっしゃるのですか?」

「さあなあ、どうすればいいもんか、自分には分からねえすけど……ただ、彼女は明日、浜田氏に会うちゅうことだが、自分としては、あんまし感心したことでねえように思うどもなす」

「しかし、彼女がそうしたいというものを、止める権利は僕にはありません」

「んだな、それはそのとおりです。あ、そうそう、電話したのはそのことでないのでした。さっき矢島君から連絡があって、指紋はやはり別人のものらしいと言ってました。同じ渦状紋できわめてよく似てはいるが、別人だそうです。これで諦めがつきますなや」

「血液型についてはどうなんですか?」

「血液型は同じだと言ってただが、似た血液型ちゅうのもあるわけでしょう、たとえば親子だとか、んだもんで、それだけでは決め手にはなんねえそうです。まあ、おたがいご苦労さんでした。したば、道中くれぐれも気をつけて帰ってくださいや。それから、これは余計なことかもしれんが、彼女のこと、どうするのか、もう一度考えてみたらどうでしょうかな」

千田は言うだけ言うと、眠そうな挨拶をして、電話を切った。彼もかなり疲れているにちがいない。

浅見はベッドの縁に座って、溜め息をついた。難解な宿題を負わされた、出来の悪い学生のような心境であった。

テレビに秋保の大滝が映っていた。各地の冬の風物詩をつぎつぎに送っているらしい。ことしは凍結もしないで、勇壮な飛沫《しぶき》を上げている――とナレーションが入った。浜田と理絵は秋保まで行って、滝を見ずに帰ってきたそうだ。いい気味だ――などと、浅見は子供じみて本気で思った。こうして暖い部屋でヌクヌクと見物したほうが、よっぽど気がきいている。

画面は一転、中国地方で桜が狂い咲きしたニュースを告げた。世の中どうかしているのだ。ノストラダムスの予言は、ほんとうに当たるのかもしれない。

無責任な、投げ遣りな気分の中で、浅見はふと

（？――）となった。

何かが頭の中でチカッと光ったような気がした。しかし、その正体を見極めようとすると、頭の中は空白になった。

（何だったのだろう？――）

テレビを消してベッドに潜り込んでからも、浅見はしばらく気になっていたが、やがて眠りに落ちた。

翌朝もそのことが頭のどこかにこびりついていた。テレビの中にその解答が隠されてでもいるような気がして、スイッチを入れてみた。はじめに東欧情勢を伝えるニュースをやっていた。そして、生体肝移植のシンポジウムが開かれたニュースが報じられた。カメラは、ステージの大型テレビ画面に映る手術の模様を見ながら熱心にメモを取る聴衆の手元を写した。

その瞬間、浅見の頭の中で、昨夜のものとは比較にならない大きな光が閃《ひらめ》いた。

浅見は毛布をはねのけ、飛び起き、受話器を摑み、千田の番号をダイヤルした。気が急《せ》くせいか、二度も手元が狂った。

最初、夫人が出て、かなり待たせてから千田が出た。千田はまだ寝ていたらしい。「何ですか?」と、不機嫌そうな声を出した。

「千田さん、窪村氏のアリバイですが、いわき市の末の松山へ朝倉さんをつれて行く、時間的な余裕がなかったことが決め手になっているのでしたね?」

いきなり早口で言われて、千田の寝惚《ねぼ》けた頭は、意味を理解するのに手間取った。

「まあ、そういうことでしょうな」

「しかし、朝倉さんがいわき市へ行ったという事実は、確認できたわけではないのですよね。実際は行かなかったのかもしれない」

「そんなこと言って……だって浅見さん、朝倉さんがいわきの末の松山を見て、『白浪、松山を越ゆ』とメモしたと言い出したのは、もともとあんたでねかったですか? いや、自分だってそう思いましたけどね。たしかに、あのメモの文字には、白浪が末の松山を越したのをこの目で見たという感動を感じましたよ」

「ええ、それはそのとおりです。朝倉さんがその光景を見たのは事実あったことだと思いますよ。しかし、現場へ行ったとはかぎらないのですよ。つまり、テレビです、ビデオで見たことだって、あり得るでしょう」

「ビデオ……」

「ええ、ビデオを見て、感激のあまり『白浪、松山を越ゆ』とメモした直後、犯人は朝倉さんを殺害したのですよ」

「なるほど……それは考えられますなあ。窪村なら、末の松山をビデオ撮影していたとしても不思議はないか……いや、だけど窪村教授は町の連中に摑まっていたから、いつどうやって朝倉さんにビデオを見せたのですかなあ？……」

「浜田氏なら可能でしょう。彼は教授の講演の手伝いをしていたそうですが、ずっと付き合っていたわけではないと思います。むしろ人々の注意はすべて教授に向いていたのですから、その間、ひそかに朝倉さんを自室に連れ込むことはできたはずです」

「うーん、それはそうかもしれんけど……そうすると、犯人は浜田……ですか？」

「そうです、浜田です」

「十二年前の、野森さん殺しも浜田の犯行というわけですか」

「そうです」

「しかし、それだったら窪村教授は浜田の犯行であることぐらい察しがつくでしょう。なんだって隠したりするのです？」

「浜田は、教授に貸しがあると言っていたそうですよ。教授には絶対的な負い目があったのじゃないでしょうか」

「負い目といったって……いや、それはたしかに、教授と弟子という関係だし、恩師の息子にはちがいないが、ことは殺人ですぞ。しかも二重だ。それだけではちょっと説明できねえのではないでしょうかなあ？」

「そのことですが……」

浅見はいくぶん悲しげに聞こえる声になって、言った。

「親子だとしたら、どうでしょう？」

「親子？……」

「ええ、父と子です。それも不倫の子だったとしたら……窪村教授は若いころ、浜田のお父さんに師事していて、ほとんど書生のような生活をしながら、大学に通っていたそうです。浜田の父親は学者としては当代一流だったかもしれませんが、社会人として──というより、夫として父親としては落第人間だったらしいのです。そういう環境で、浜田のお母さんが窪村さんと過ちを犯したとしても仕方がない、と言ったら、弁護のし過ぎでしょうか。そうして生まれたのが浜田だった……だからこそ、窪村教授には生涯、息子さんに対する負い目がつきまとっているのではないかと思ったのです」

千田は「うーん……」とうなった。

「そうか……親子か……それならば、血液型が同じなのも分かるし、指紋がよく似ているのも納得出来ますなあ……そうか、親子でしたか……」

「まだ事実かどうかは分かりませんよ」

「いや、事実でしょうな。そうか、親子ですか……いやあ、浅見さん、さすがですなあ。感服しました。参りました。刑事としてはいささか恥ずかしいが、しかし参りました。そして、ありがとうございました」

電話に向かって最敬礼している千田の様子が目に浮かんだ。とたんに、浅見はグッと込み上げるものを感じた。その感情を叱咤《しった》するように、千田が言った。

「しかし、そういうことだと、あの娘さんが心配じゃありませんか」

「ええ、そうです。大いに心配です」

「心配ですって……浅見さん、呑気に構えている場合ではないですぞ」

「ですから、千田さん、電話してやってくれませんか。僕からだと、妙に邪推されそうな気がするのです」

「ははは、あんたはデリケートな人ですなあ。分かりました、そしたら、自分が電話します」

それからものの三分と経たないうちに、理絵から電話が入った。

「いま、千田さんから電話をいただきました。浜田さんと付き合うのはやめろというのですけど、それって、浅見さんの意見だそうですね」

「そうです、僕がそうしたほうがいいと……しかし、それは個人的な気持ちで、つまりその、あなたに特別な好意を持っているからとか、そういう気持ちから言うのではなくてですね……」

「あの……」と、理絵は浅見の演説口調を遮った。

「じつは、千田さんから電話が来る前に、窪村教授から電話をいただいたんです」

「えっ、窪村教授から？　何だっていうんです？」

「千田さんと同じことを言ってました。浜田さんと付き合うのはやめなさいって」

「…………」

「それで、今日の約束は断わるようにって。だから私、たったいま浜田さんに電話して、都合が悪くなったって、断わったところだったのです」

「死ぬ気だ……」

「えっ、何て言ったんですか？」

「いや、いいんです。そうですか、やめましたか、それで僕もほっとしました。正直なところ、少しばかり嫉妬を感じていました」

「少しばかり、ですか？」

「ははは、今日、東京へ帰りましょう。あとで迎えに行きます」

浅見は電話を切ると、受話器を放さずに窪村の部屋番号をダイヤルした。

「はい」という、憂鬱そうな窪村の声が出た。

「浅見ですが、先生にちょっとお話ししたいことがあるのですが。いまからお会いできませんか」

「そうですなあ、ちょっと野暮用があって……しかしまあちょっとの間ならいいでしょう。じゃあ、下の喫茶ルームへ……」

「いえ、先生のお部屋に伺います」

「ん？　私の部屋に？……」

窪村は戸惑ったが、すぐに何か感じるものがあったのか、「いいでしょう」と言った。

窪村の部屋はすでに出立の準備なのか、きれいに片づいていた。窪村自身も髭《ひげ》も剃《そ》り、ネクタイをして、いつでも出掛けられる様子であった。

「短くお願いしますよ」

浅見に椅子を勧めながら、念を押した。

「で、お話とは、何ですかな？」

「浜田さんのことです」

「…………」

「先生は朝倉さんに、浜田さんとのお付き合いはやめるようにと勧められたそうですが」

「ああ、そんなことを言いましたかな」

「いましがた、朝倉さんからそのことを聞きました」

「そうですか……いや、あなたのような立派な青年がおられるのに、浜田と付き合うのはよろしくないという意味で、つい余計なことを申し上げました」

「それだけですか？」

「ん？　それだけ……というと？」

「浜田さんを危険人物だとお考えになって、警告を発したのではないのですか？」

「…………」

窪村は何か反論しかけて、苦い顔で脇を向いた。

「先生は第三の殺人が行われるのを阻止しようと、お考えになったのですね？」

浅見の「殺人」という言葉にも、窪村はさほど大きな反応を示さなかった。

「何のことか、私には分からないが」

「浜田さんは先生に、これまでずいぶん迷惑をかけているはずですが、それを先生がどうして黙認しておられたのか、僕には不思議でならなかったのです。この前の暴行事件も、おそらく、浜田さんのほうに原因があったのでしょう。身内の女性をどうにかされた連中が、浜田さんに仕返しをしたのだと思います。そして今度は、朝倉さんのお嬢さんです。先生としては、もうこれ以上、浜田さんを放置しておくわけにいかない——そうお考えなのですね？」

「どうも……」と、窪村は眉《まゆ》をひそめ、首を横に振った。

「あなたの言っていることは、私にはさっぱり理解できんのですがなあ」

「そうでしょうか、理解できないでしょうか。そんなはずはないと思います。先生は浜田さんと行動を共にしている、唯一の方です。三年ちょっと前、講演会のあった日の深夜、浜田さんが川崎町の文化研修センターを抜け出して、多賀城の末の松山に朝倉さんを棄てに行ったことも、そして、それよりはるか以前、まだ川崎町民俗資料館が完成していないころ、いわき市の勿来の関で出会った野森恒子さんが有耶無耶の関で殺された事件の犯人が浜田さんではないか——ということも、先生はご存じだったにちがいありません。ほかにも、先浜田さんが女性問題でしばしば事件を起こしているのを、先生はそのつど、必死になって揉《も》み消してこられたはずです。そうではありませんか？」

浅見は窪村の顔を直視しながら、一気に喋った。

窪村は座禅を組む修行僧のように、目を半眼に閉じて、じっと聞きいっているだけだ。

「なぜそんなに浜田さんを庇《かば》うのですか？　大学教授と助手の関係だけなら、先生にそんなことをする義務も、それに権利もないと思いますが」

「…………」

「単なる女性問題だけなら、どうということもないでしょう。しかし、ことが殺人事件となると、話はべつです。いくら先生が頂点を極めた学者であり教授であるにしても――いや、それだからこそ許されないことではありませんか。そんな分かりきったことなのに、なぜ庇ったり口を噤《つぐ》んでいたりしなければならないのですか？」

「…………」

窪村は頑強に沈黙をもって、浅見の舌鋒《ぜっぽう》に応えた。

「ひとつだけ……」と、浅見は重苦しい逡巡《しゅんじゅん》を乗り越えて言った。

「僕に想像を許していただけるなら、先生と浜田さんの関係が、単なる師弟関係を越えたものであるとしか考えられないのです。しかも、それはきわめて堅い絆《きずな》によって結ばれている。たとえば、父と子の関係――お二人の指紋の形状も血液型も酷似しているのは、そのためではないかと……」

「浅見さん」

ふいに窪村は椅子を立った。驚いたことに、表情から苦悩の色も苦渋の影も消えていた。

「もうそのくらいでいいでしょう。お帰りくださらんかな」

「いえ、もう少し聞いていただきます」

「無意味なことだよ、きみ」

「無意味？」

「そうだよ、きみは何でも分かっているつもりだろうが、自惚《うぬぼ》れてはいけない。きみが知っている以上に、この私がよく知っていることも分かってもらいたいものですな」

「…………」

今度は浅見が沈黙する番であった。

窪村の言った「自惚れるな」という言葉は、おまえさんだけが正義漢づらをしなさんな――というふうにも聞こえた。泥に塗《まみ》れた人生を送ってきた者の、ゆるぎのない自信のようなものをさえ、浅見はその言葉を吐いた窪村に感じた。

「一つだけ、純粋に犯罪学的な興味からお訊きしたいのですが」と浅見は辛うじて言った。

「朝倉さんのお父さんを殺害した手口がよく分かりません。末の松山を浪が越す風景を見せると言って朝倉さんを誘ったことは想像したのですが……」

「ほうっ……」

窪村は驚きの声を洩らした。

「それはおそらく、先生の講演が行われている最中のことだったと思います」

「…………」

「浜田さんは、研修センターの一室に朝倉さんを連れ込んで、ビデオに撮った末の松山を見せたのですね。そして隙を見て殺害した……いや、死亡推定時刻が午後十時過ぎでしたから、いったんそこで睡眠薬を飲ませ、目覚めたときにあらためて毒を飲ませましたか？」

窪村は地獄の底に沈み込むような、何とも言いようのない顔になった。

「あれは、悪い癖が身についてしまって……いつも睡眠薬を持ち歩いては、女性を誘っていたのです。完全に病気といってよかった。私が彼を助教授の椅子につかせなかった理由は、そこにあったのだが……しかし、いつのまにか毒物にまで……」

嘆いても詮《せん》ないこと……というように、窪村は天を仰いで頭を振った。

「彼はね、浅見さん、あなた方がいわきの末の松山を突き止めたことを、得意になって話していたのですよ」

「え……」

それは浅見には信じられないことであった。

「あなた方は朝倉さんのメモを見て、末の松山を浪が越える場所を探していた。それがいわきの末の松山であることは、いずれ分かるだろうというのが、むしろ彼の狙いでもあったわけですな。そこが犯行現場であれば、浜田にしろ私にしろ、絶対にアリバイがある。その陥穽《かんせい》にあなた方がはまり込んだ——と彼は言っていましたよ」

「たしかにそのとおりでした」

浅見は頷いて、言った。

「僕も一時は、ひどい勘違いをしているのだと思いました」

「いやいや、たとえそうであっても、どのみち、いつかは暴かれるときがくるものです。あの千田とかいう刑事が私を疑って接近してきたとき、私はすでに、最後の時が近づいたことを感じていました。刑事の背後にとてつもない大きな力がはたらいているのを直感しました。いや、背後にあなたがいたという意味ではなく、運命を感じたと言いたいのですがね」

窪村は自嘲《じちょう》するような皮肉な目を浅見に向けて、あらためて「さて」と言った。

「もうこのくらいでいいでしょう。私にも束の間の平安を与えてくれませんかな」

軽く会釈すると、くるりと向こうを向いた。それ以上の一切の干渉を拒絶する姿勢であった。

エピローグ

部屋に戻っても、浅見は何もする気になれず、じっと椅子《いす》に座って過ごした。食欲もなく、テレビを見る気にもなれなかった。

不思議なことに、理絵からも千田からも何の連絡もない。みんながいまの自分と同じように、救いようのない憂鬱に浸っているのだろうか——などと、浅見は考えた。

十時を回って、浅見はようやく立ち上がり、ノロノロと片づけ物にとりかかった。ワープロをしまい、散らばった筆記用具をしまい、衣類をバッグに詰め込んだ。

ドアのところから、もう一度、部屋の中を振り返って、忘れ物のないことを確認したとき、ドアをノックする者があった。

「浅見様にお届け物をお持ちしました」

ドアを開けると、ボーイが封書を差し出した。

「ありがとう」

浅見は礼を言うと、ふたたび部屋の奥に戻り、すぐに開封した。


とり急ぎ乱文にて失礼します。

あなたの言われたことは、ほぼ的を射ていることを、まず申し上げておきましょう。それ以上はもはや蛇足かと思います。明敏なあなたのことです、おそらくすでに真相を推理した上で、私を糾弾されたものと考えております。

すべては、悪しき種子を蒔《ま》いた私に根源と責任があることです。病いに冒されたものを放置していたことにも、私は責任を感じます。

さて、これから先、あなたがどのような処置をお取りになろうと、私は異議を申し上げるつもりはありません。どうぞご随意になさってください。

窪村拝

浅見は受話器を握って窪村の部屋をダイヤルした。応答がなかった。フロントに問い合わせると、すでにチェックアウトしたという。

「浜田さんも一緒でしたか？」

「はい、ご一緒にお出掛けになりました」

浅見はふたたび、(死ぬ気だ——)と思った。

「父親」としては、そういう決着のつけ方をするしかないだろう。自分が窪村の立場でもそうするにちがいない。

浅見は窓辺に立って、北の山々を眺めた。ことしは雪が少なく、低い山々の頂きは黒い地肌を見せているところが目立った。もうそろそろ、春のドカ雪が降る季節なのかもしれない。

浅見は思い直したようにふたたび電話に向かった。千田はまだ自宅にいた。

「浅見さんに電話しようかどうしようか、迷っていたところでした」

「僕に、何か？」

「いや、どうしたらいいんべかと思ってなす……」

何を——という主語が欠けていたが、浅見は千田の気持ちを理解した。

「もし僕の頼みを聞いていただけるなら」と浅見は力なく言った。

「あす一日だけ待ってみませんか」

「一日待つと、何か変わりますか？」

「ええ、たぶん」

「……そうですか、変わりますか……んだばそうしたほうがいいすな、それがいいすな」

千田はほっとしたように、繰り返し、言った。

「すみません」

浅見は電話に頭を下げた。千田自身の名誉回復のためには、一刻も早く真相を明らかにしたいはずだ。

「なんの、自分もそうしようと思っていたところでした。あんたに言ってもらって、踏ん切りがついたつうもんです。それと浅見さん、もう一つ踏ん切りついでに、自分は刑事を辞めようかと思っています」

「えっ、本気ですか?」

「ああ、本気です。ほとけ心が出るようでは、刑事稼業はもうだめですもんな。ははは……」

千田は屈託なさそうに笑ってから、「ああ、そう……」と言い足した。

「さっき朝倉理絵さんが、うちさ寄って、これから東京さ行くと挨拶して行きました。浅見さんとは、東京でお会いするということです」

「そうですか、もう行きましたか」

浅見はバッグを提げてホームに佇む理絵の姿を思い浮かべた。すべてのことが遠くおぼろげな風景のように、薄れ消えてゆく侘びしさを感じた。


二日後、テレビのニュースが窪村と浜田の遭難死を報じた。

——けさ、岩手県二戸市晴山《はるやま》の通称女神岩《めがみいわ》の下で、男の人二人が死んでいるのを、付近に住む人が発見、警察に届け出ました。警察で調べたところ、この二人は東京のS大学教授で歌枕の研究で知られる窪村孝義さん五十六歳と、窪村さんの助手を務めている浜田弘一さん三十六歳であることが分かりました。窪村さんと浜田さんは、付近にある「末の松山」の史蹟を調べるために当地を探索中、何らかの事故で崖から転落したものと見られ、警察では関係者から事情を聞くなど、なお詳しく調査しております。——

テレビはつづけて、窪村教授の業績を簡単に紹介して、次のニュースに移っていった。

浅見は焦点がぼやけた視線を窓の外に向けた。

庭の黒松に、昨夜降った雪が、まだうっすらと積もっていた。どことなく白浪が松を越えたような風情があった。

自作解説

本書『歌枕殺人事件』は「小説推理」一九九〇年一月号から七月号まで連載されたものに加筆、同じ年の七月に「FUTABA NOVELS」として上梓《じょうし》した作品ですが、今回の文庫化に当たって、さらに加筆・改訂してお届けします。

『歌枕殺人事件』が誕生したきっかけは、当時、たしか小学校五年生だった少女からの手紙でした。

地方在住の読者から「私の住む街を題材に使って欲しい」というお便りを頂戴することが多いのですが、ご要望にお応えできるケースはごくまれです。僕か、あるいはほかの作家が、すでにその付近を使ってしまっている場合もありますし、題材として適当でない場合もあります。

取材地は、必ずしも名所・旧跡があればいいというものではありません。まったく特徴的なものがないのも困りますが、あまりにもポピュラーすぎるのも使いにくい。「旅情ミステリー」という、変てこりんなジャンルが確立（?）される前の初期の作品では、遠野、倉敷、津和野といった女性に人気のある観光地に取材していましたが、最近の僕は、あまり人に知られていないような場所を選ぶようにしています。『鳥取雛送《ひなおく》り殺人事件』の鳥取県用瀬町《もちがせ》、『斎王の葬列』の滋賀県土山町《つちやま》、『鬼首《おにこうべ》殺人事件』の秋田県雄勝町《おがち》——といったところは、決して全国ブランドではありませんが、日本人本来の心や地方文化に触れる意味あいからいえば、無用な飾り気がないだけに、むしろ小説の題材として相応《ふさわ》しいように思います。

僕の初期の作品に『戸隠伝説殺人事件』というのがありますが、ある日本在住のアメリカ人から、全編を翻訳したので英語版を出版したいと申し入れてきました。「日本文化を紹介するテキストとしてぴったりだ」ということです。ずいぶん長い作品なので、そのエネルギーには敬服させられます。こういう形で、日本のローカルのよさが外国に紹介されるようになるのは、作家冥利《みょうり》に尽きます。

さて、『歌枕殺人事件』を書くきっかけを作ってくれた手紙の少女は、宮城県多賀城市に住み、たしかお父さんが自衛隊関係の方だったと思います。〔多賀城市付近を舞台にして、浅見さんのミステリーを——〕といったお便りでした。ついでに〔私の名前も使ってください——〕とも書いてありました。

結局、その両方とも、彼女の希望を叶《かな》えて差し上げることになりました。そう、作品のヒロイン「朝倉理絵」が彼女の名前です。あれから四年——理絵ちゃんは中学を卒業するころでしょうか。お父さんの転勤で、どこか遠い土地へ行ってしまったのでしょうか。多賀城の風景と一緒に、いろいろな記憶が蘇《よみがえ》ってきます。

多賀城といっても、あまりピンとこない読者が多いのではないでしょうか。僕などは、日本の地理に関してはかなり詳しいほうだと思いますが、その僕でさえ、多賀城がどこかと訊《き》かれても、すぐに答えられる自信はありませんでした。

しかし「末の松山」の和歌は知っていました。有名な歌枕でもあります。末の松山——とくれば、正確な場所がどこか、などは問題ではありません。要するに、イメージさえ湧《わ》いてくればいいのです。

ところが、いざモノの本で「末の松山」を調べてみると、多賀城市にあるものだけが、絶対の本物とはかぎらないという、各説あることを知りました。

ムム、これは何かありそうだぞ——と、好奇の虫が動き始めました。こんなちょっとしたことから、思いがけないストーリーが展開されるものなのです。

ところが、僕は中学時代に百人一首の、いわゆる「カルタ取り」をおぼえ、なかなかの名手でもあります。冒頭の浅見家のカルタ会風景は、僕が若いころの恩師の家での情景を、ほとんどそのまま描写したもので、もちろん、浅見の颯爽《さっそう》としたヒーローぶりは、僕の姿だと思っていただいて結構です。

この百人一首のように、子供時代に遊びを通じて身につけた知識が、何十年も後になって役立つことがよくあります。もちろん読書などはその最たるものでしょう。僕はカルタをはじめ将棋も囲碁もマージャンもすべて中学時代までにおぼえ、そのためにロクな学生時代を過ごしませんでしたが、老後は充実して、遊びたいことがいっぱい、早く老後が来ればいいと思うくらいです。

その点、いまの子供たちがファミコンゲームなんかで、無我夢中になっているのを見ると、気の毒でたまりません。あんなものにいくら上達してみたところで、単なる刹那《せつな》的なひまつぶしで、知識やノウハウが蓄積されることはありません。どうせ目を疲れさせるくらいなら、その分、読書――それも、良質のミステリーを読んだほうがどれほど有意義かしれません。

多賀城への取材には、双葉社の大内勝人さんが同行しました。元横綱の大乃国によく似た、堂々たる体格の編集者でした。みかけによらず物静かで優しい人柄でした。わがままな作家のお守りをするのは、さぞかし大変だったろうと思います。

取材を終え、雑誌連載が始まって間もなく、大内さんがしばらく休職しました。胃の手術をしたとかで、やっぱり気苦労が多いのだなあ、と、慢性胃弱の僕は他人事《ひとごと》でなく思っていたら、全快しましたと、編集長と一緒に軽井沢のわが家を訪ねてくれました。

大乃国が見る影もなく瘦《や》せて、旭道山よりもっと瘦せて……それでも大内さんは「現場復帰しますので、これからもよろしく」と元気に言って帰られました。

そのほんのひと月後――大内さんの訃報《ふほう》に接しました。やはり癌《がん》。まだ若く、僕と同じくらいの年代だったはずです。ひょっとすると、『歌枕殺人事件』が彼の「遺作」になったかもしれません。

ミステリーでたくさんの人間の死を描いているくせに、本物の人の死に出会うと、僕は動揺してしまいます。いや、作品の中の死に対しても平静ではいられません。本来、人間は死に対して慣れるということは、絶対にあり得ないものだと思います。戦争などで大勢の人を殺して、殺すことに何も感じなくなる――というのは、慣れたのではなく、人間性を喪失したのです。そのとき彼は人ではなくなっているのです。

ミステリーは人の死をテーマにしたドラマだと思っています。単純に、誰がなぜどうやって殺人を犯したか――そして、その謎《なぞ》をどうやって解いたのか――だけの物語だとしたら、それは小説ではなく犯罪記録か捜査日誌と大差はありません。

この『歌枕殺人事件』もそうですが、どの作品でも、事件を解決したあと、浅見光彦は決まって、うちひしがれたような重い気分に浸ってしまいます。しかし、その中で彼は希望を見つけ出そうとする。そして、世の中捨てたものじゃない——と思い、前を向いて歩きはじめます。

生者必滅《しょうじゃひつめつ》会者定離《えしゃじょうり》は人の世の常ですが、朝倉理絵ちゃんのような、若々しく伸びる芽があるかぎり、おとなたちは励まされ、つらいことも、悲しいことも乗り越えて、生きる希望を抱くことができるものなのです。

一九九三年早春の軽井沢にて——著者

＊この自作解説は、双葉文庫版より再録したものです。

この作品はフィクションであり、文中に登場する人物、団体名は、実在するものとまったく関係ありません。
また、市町村名、風景や建造物などは執筆当時のものであり、現在の状況と多少異なっている点があることをご了解ください。

本作品は、一九九〇年七月に双葉社よりノベルスとして初版発行されました。以降、各社から次の通り、順次刊行されています。

文庫　一九九三年五月　双葉文庫
文庫　一九九六年四月　角川文庫
単行本　一九九七年十二月　双葉社
文庫　二〇〇〇年五月　ハルキ文庫
ノベルス　二〇〇七年十月　ジョイ・ノベルス

このたびの刊行に際しては、ジョイ・ノベルス（小社）を底本としました。

（編集部）

歌枕殺人事件《うたまくらさつじんじけん》　新装版《しんそうばん》

二〇二三年二月五日　初版第一刷発行

著　者　内田康夫《うちだやすお》

発行者　岩野裕一

発行所　株式会社実業之日本社

〒一〇七-〇〇六二

東京都港区南青山五-四-三〇

emergence aoyama complex 3F

TEL　〇三（六八〇九）〇四七三（編集）

〇三（六八〇九）〇四九五（販売）

印　刷　大日本印刷株式会社

製　本　大日本印刷株式会社

https://www.j-n.co.jp/

ISBN978-4-408-53826-6（第二文芸）